**Dieses Buch
widme ich meiner Mutter
Helma Schröer.
Sie hat 35 Jahre geduldig darauf gewartet,
mein Erstlingswerk
in den Händen zu halten.**

Danke Mutsch

Ich möchte mich herzlich bei allen bedanken,
die stets an mich glauben,
und mich immer unterstützen.

Meine Kinder,
meine Schwester,
meine Mutter,
die wichtigsten Menschen in meinem Leben.

Meine Freunde,
allen voran meine beste Freundin Heike,
die mich so akzeptiert, wie ich bin.
Bekannte ...
Mitarbeiter / innen der Tagesstätte Barke
die mich unterstützen,
wo sie nur können.
Einfach alle,
die meine Leidenschaft verstehen und mich auf diesem
Weg begleiten.
Danke!
Eure Anna

Deine letzte Woche beginnt …
… jetzt!

Anna Friebe

Tag 20

Donnerstag,

23.50 Uhr

Stadt / bei Silke zu Hause

Es war Nacht. Keine dieser finsteren, ausladenden Nächte. Der große volle Mond durchbrach die Dunkelheit, brachte einen leichten Lichtschein ins Zimmer.
Musik klang leise durch den Raum. Deutschrock.
Ein offenes Fotoalbum lag auf dem extravaganten Tisch, dessen Platte von einem weißen Tiger getragen wurde.
Daneben eine angebrochene Flasche Wein, ein Glas und eine Brille.
Auf der Couch lag die neuste Ausgabe der Recklinghäuser Zeitung.
Der Raum war leer.

Tag 1

Samstag

10 Uhr

Stadt

Gesangsworkshop in Recklinghausen. Seit Wochen hingen Plakate an vielen Bushaltestellen. Endlich war es so weit. Sonnenschein. 25 Grad. Leichter Wind. Das perfekte Wetter.
Der Rathausplatz war voll. Hunderte Menschen lauschten gespannt der Eröffnungsrede des Bürgermeisters. Anhaltender Applaus folgte.
Er verstärkte sich als die Gesangsdozentin Britta Langner die Plattform des Rathauses betrat. Die ausgebildete Sängerin zog die Leute durch ihre Natürlichkeit, direkt in den Bann. Ein wahrer Wirbelwind auf der Bühne und im Leben.
Sie sprach kurz über ihre Ausbildung, erklärte den Ablauf des Tages und versprach im Anschluss einen Auftritt mit Duett Partner Kalle. Liedhefte wurden nach und nach von Helfern verteilt.

Sie führte in die ersten Atemübungen ein.

Silke Rügen nahm zusammen mit ihren Töchtern Natascha und Mara sowie ihrer Freundin Marion teil. Die Freundinnen waren Schülerinnen von Britta.
Genau wie die meisten anderen Teilnehmer waren die vier begeistert bei der Sache. Besonders die rothaarige Natascha, im Allgemeinen eher schüchtern, war voll in ihrem Element. Singen war eine große Leidenschaft der jungen, hübschen Frau.

Nur vereinzelt gab es ein paar Störenfriede.
Einer von ihnen: Martin Pastell. Er stand rechts neben dem Brunnen: *Bürger tragen ihre Stadt*.
Lauthals lachte er über alles und pöbelte Leute an.
Langsam ließ er seinen Blick durch die Menschenmasse gleiten.
Er, der mehr auf der Recklinghäuser Platte zu Hause war, regelmäßig trank und gelegentlich Drogen nahm, war nur seiner Freundin zuliebe hier. Sie probierte diesen Müll aus.
Kopfschüttelnd sah er sich um.
Da, aus den Augenwinkeln entdeckte er seine Ex. Sie stand nah bei der Treppe des Rathauses. Sein Blick ging automatisch weiter. Ruckartig drehte er den Kopf zurück in ihre Richtung.
Nichts.

Silke sah zu ihrem Entsetzen Martin, der kurz zu ihr hingesehen hatte. Rasch verschwand sie hinter ihrer besten Freundin. Sie duckte sich.
„Was ist los?“ Marion war irritiert.

„Da ist Martin, du weißt schon," erklärte sie.
„Ja dann bleib unten," empfahl Marion.
Wie zufällig drehte sie sich in die Richtung, in der sie Silkes Ex-Verlobten vermutete.
Sie kannte ihn nur von Bildern.
Er war es, unverkennbar. Der überaus schlanke Mann mit seinen ungewaschenen rotblonden Haaren, wirkte verlebt, stärker wie sie es erwartet hatte. Er trug zerrissene, nicht besonders saubere Jeans und hielt in der Hand eine Flasche Bier.
Sein Blick glitt suchend an Marion vorbei. Dann zuckte er die Schultern und drehte sich um. Es war ihm egal.

„Komm hoch. Er schaut nicht mehr her," berichtete Marion
„Oh man das hat mir echt gefehlt. Was macht der hier? Ist doch gar nicht seine Welt." Silke wirkte bedrückt.
Marion nahm sie kurz in den Arm.
„Hauptsache er hat dich nicht richtig gesehen. Beruhige dich," sprach sie leise.
Silke nickte, atmete tief ein und lauschte dem Geschehen auf dem Platz.
Ihr Blick wanderte erneut zu Martin. Dieser verließ das Spektakel langsam, in Richtung Palais Vest, dem Einkaufszentrum der Stadt.
Erleichtert sah sie zur Bühne.
Britta beendete die Übungen. Lachend flogen ihre langen Haare hin und her. Zufrieden bedankte sie sich für das tolle Miteinander und bat die Teilnehmer die Liederhefte aufzuschlagen.

Sie stimmte ein erstes bekanntes Lied an. Hunderte Menschen sangen zusammen. Leise oder laut. Jeder in seiner Art. Es war nicht perfekt, aber trotzdem ein Genuss. Silke entspannte sich. Begeistert stieg sie mit ein.

Ihre Blicke wanderten durch die Menge. Erneut schluckte sie. War das wahr? Ihr Magen verkrampfte sich.
Ihre ehemals beste Freundin stand in unmittelbarer Nähe. Aufgedonnert wie eh und je. Wieder einmal sah sie aus, als wäre sie zu tief in ein Schminktöpfchen gefallen. Zuviel von allem. Typisch für Sonja.
Und auf der anderen Seite stand ihr Ex-Mann. Dieser wurde in diesem Augenblick von ihren Töchtern begrüßt, deren Vater er war.
Silke nickte ihm zu, drehte sich kopfschüttelnd um. Sie kannte die Musikleidenschaft der Beiden, aber trotzdem. Ihr blieb heute echt nichts erspart. Sie war genervt von den Begegnungen.

Knapp eine Stunde später beendete die Gesangslehrerin den Gesangsworkshop. Es gab eine dreißigminütige Pause. Die Menschen standen zusammen und sprachen über das Erlebte, viele stellten sich zu Britta. Sie holten sich Visitenkarten oder ließen sich mit ihr fotografieren. Einige mit dem Handy, andere, durch den extra engagierten Fotografen.
Dieser war ebenfalls kein Fremder für Silke. Sie ignorierte ihn.

Zusammen mit den Mädchen und Marion wartete sie auf den angekündigten Auftritt.
Nur wenige Leute verließen den Rathausplatz.

Endlich. Britta und Kalle standen gemeinsam auf der kleinen Bühne. Live-Musik mit Gitarren und allerbesten Gesang. Die Boxen schmetterten weit über das Gelände am Rathaus. Die Zuhörer waren begeistert. Die lockere Art des Duos animierte zum Mitmachen. Moderne Songs lösten ältere Titel ab. Englisch, Deutsch – alles war dabei. Jeder kam auf seine Kosten.

Knapp eine Stunde und zwei Zugaben später, verabschiedete sich das Duo. Die Sängerin bedankte sich bei allen Beteiligten.
Tosender Applaus!

Langsam leerte sich der Platz vor dem Rathaus, das zum schönsten in NRW gewählt worden war. Silke und Marion umarmten Britta und bedankten sich für diesen großartigen Tag. Sie verabschiedeten sich von den beiden Mädchen.
Die etwas pummelige Mara und Nesthäkchen Natascha trafen Freunde in der Altstadt.

Die beiden Frauen schlenderten gemeinsam zum Busbahnhof. Sie unterhielten sich angeregt und liefen am Einkaufszentrum vorbei. Silke hoffte, dass Martin nicht mehr im Palais war. Schnell waren sie am Ziel, ohne ihm begegnet zu sein. Dort trennten sich ihre Wege.

„Wir texten später noch?" wollte Marion wissen.
„Klar und denk an morgen, 14 Uhr bei mir."
Marion nickte und lief langsam in die gegensätzliche Richtung.
Silke spazierte gemütlich nach Hause. Ihre Begeisterung von diesem Tag, der bis auf wenige Ausnahmen perfekt war, hielt an.

17 Uhr

Rathausplatz / Frank

Der Mann packte seine Kamera in den Koffer. Seine Gedanken waren bei der beendeten Veranstaltung. Ein gelungenes Event.
Und bei Silke. Sie kannten sich seit 27 Jahren. Kurz nach ihrem 15. Geburtstag hatte er sie kennen und lieben gelernt. Sie erwiderte seine Gefühle. Schweren Herzens hatte er damals auf eine Beziehung verzichtet. Mit 28 war er zu alt für den Teenager. Drei Jahre später, nach der Trennung von seiner damaligen Freundin, wurde aus ihnen ein Paar. Es war die große Liebe für beide. Bis sie sich ohne eine Erklärung von ihm abwandte und nicht mehr mit ihm sprach. Er litt unheimlich darunter. Seitdem war Funkstille. Wenn sie sich mal trafen, ignorierte sie ihn. So wie auch heute, es schmerzte, aber allein sie gesehen zu haben, freute Frank.
Er hoffte, dass sie bald normal miteinander umgingen, schon wegen der Kinder.
Mara ihre Tochter und Leon sein Sohn hatten sich vor einem Jahr, bei einem Konzert getroffen und ineinander verliebt. Beide nahmen die Beziehung ernst und wussten genau, was sie vom Leben erwarteten.
Der Junge war in seine Fußstapfen getreten und Fotograf geworden. Die Männer arbeiteten zusammen, was dank ihres guten Vaters / Sohn Beziehung prima funktionierte.

Er ließ ihm viel Freiraum, was Leon Zeit gab, für Freunde, Hobbys, Mara und deren Familie. Silke mochte den jungen Mann sehr.
Das gab Frank Hoffnung auf eine vernünftige Basis, für sich und seine ehemalige Freundin.

19 Uhr

Wohnung X

Seit Tagen wurden die Räume saniert. Die Wände gedämmt.
Heute war der letzte Feinschliff dran. Die mit Raufaser tapezierten Zimmer waren gestrichen worden. Das Vordere weiß, das Hintere ca. fünfzehn Quadratmeter große, schwarz mit abwaschbarer Farbe. Die Stahltür bekam eine ebenfalls schwarze Lackierung.
Noch Lampen anmontiert, abgedunkelt und fertig fürs erste.
Das Material wurde weggeräumt, alles sauber gemacht und die Wohnung verlassen.

20 Uhr

Noah`s und Zoe`s Marl / Frank, Mara & Leon

Er saß vor einem Pils und wartete auf Mara und Leon. Er hatte sie darum gebeten zu kommen. Es war ihm wichtig, mit dem Paar einiges zu besprechen.
Wie meistens war er zu früh da. Eine Marotte von ihm. Er sah sich um. Wie immer gefiel ihm was er sah. Es würde Silke gefallen, da war er sich sicher. Etwas chaotisch doch sehr stilsicher aufeinander abgestimmt.
Knapp zwanzig Minuten später betraten die jungen Leute das Lokal und schauten sich um.
Der gutaussehende, durchtrainierte Mann saß an einem vierer Tisch gegenüber der Küche. Schnell stand er auf und begrüßte die beiden lächelnd.
Sie setzten sich zu ihm und bestellten etwas zu trinken.

„Danke dass ihr so kurzfristig gekommen seid. Ich weiß ihr wart mit Freunden verabredet."
Mara und Leon sahen Frank gespannt an.
„Nicht so schlimm Paps. Erzähl. Was ist los?" wollte Leon wissen.
„Nun ich möchte Silke zeigen, wie sehr ich sie bewundere und liebe. Sie soll wissen, dass ich bereit bin, alles für sie zu tun. Sie stets zu unterstützen, wo es möglich ist. Das ich ihr jederzeit helfen und wieder mit ihr zusammen sein will," gestand er.

Kurze Stille.
„Und was sollen wir machen?“ Mara sah ihn an. Das hübsche Mädchen wirkte verwirrt. Frank sah ihre blauen Augen. Die Ähnlichkeit mit ihrer Mutter war unverkennbar. Auch wenn sie selbst oft daran zweifelte.

„Nun ich möchte euch bitten, mich so zu unterstützen, wie es für euch möglich ist.“
Er sprach von seinem Plan.
Gespannt hörte das Paar zu. sie waren ganz bei der Sache.
„Das gefällt mir Frank,“ sie schüttelte kurz den Kopf. Ihr langes schwarzes Haar bewegte sich leicht. „Ich weiß nur nicht, ob das bei meiner Mutter ankommt. Du kennst sie. Durch ihre Erfahrungen ist sie leider bei manchen Dingen sehr verschlossen, sie lehnt vieles ab. Das könnte sie komplett überfordern und abschrecken. Aber natürlich unterstütze ich dich, ich finde es echt spannend.“ Kurz überlegte sie. „Und ich wünsche meiner Mama endlich mal viel Glück. Seit der Scheidung von meinem Vater, ist sie allein geblieben. Die Ehe war ein echter Reinfall. Dad war nicht immer gut zu ihr.“ Sie wirkte nachdenklich.
Leon nickte entschieden. „Ich bin natürlich dabei Paps. Leider sehe ich das wie Mara. Du kennst Silke besser als ich. Glaubst du, dass es funktionieren kann?“ fragte er ernst.
Frank zuckte mit den Schultern. „Ich weiß es nicht. Was Silke betrifft, bin ich leider sehr unsicher. Aber ich bin froh euch an meiner Seite zu haben.“ Er lächelte.

Die drei blieben zwei weitere Stunden zusammen und besprachen alles.

Frank bezahlte die Rechnung, danach brachen sie auf.
Leon fuhr zuerst seinen Vater nach Hause, der sein Auto bei Noahs stehen ließ.
Danach brachte er Mara zurück nach Recklinghausen. Die Achtzehnjährige lebte mit ihrer Schwester bei Silke. Ihre beiden Brüder hatten eigene Wohnungen.
Unterwegs sprachen sie angeregt über Franks Pläne.
Auf der Münsterstraße hielt er an. Er verabschiedete sich endlos lange von seiner Freundin, ehe er sich auf den Weg zurück nach Marl machte.
Zuhause kam er erneut mit seinem Vater ins Gespräch.
Erst Stunden später legten sie sich schlafen.

Tag 2

Sonntag

10 Uhr

Marl / bei Frank & Leon zu Hause

Frank saß zusammen mit Leon im Esszimmer. Die beiden Männer sprachen nach der gemeinsamen Sporteinheit im Fitnessraum ihres Hauses über Silke.
„Du redest heute mit ihr?“ erkundigte sich der Mann bei seinem Sohn.
„Ja ich hoffe sie hört mir zu.“ Leon sah seinen Vater an.
„Mir gefällt dein Plan zu einhundert Prozent. Ich drücke die Daumen, dass wir Erfolg haben. Das endlich etwas geschieht. Vor allem aber das Silke erkennt, was du für sie fühlst. Und du erreichst, was du dir erträumst.“ Er klang optimistisch. „Das wird schon Dad.“
„Dafür bete ich Leon. Und nochmal danke, dass ihr zwei mir helft. Das würde nicht jeder machen. Du weißt ihr könnt eure Meinung stets ändern.“
Sein Sohn lächelte. „Da ich voll dahinterstehe und Mara auch, ist das echt kein Ding. Wir sind gespannt, wie sich alles entwickelt.“

Gegen 13 Uhr fuhr Leon zu Silkes Wohnung in Recklinghausen. Die Familie und er wollten sich einen gemütlichen Tag machen. Zuerst jedoch brachte er seinen

Vater zum Marler Stern. Dort stand dessen Auto. Frank stieg in seinen schwarzen Wagen und fuhr nach Recklinghausen, um seinen besten Freund Klaus zu besuchen.

14 Uhr

Stadt / bei Silke zu Hause

Früher Nachmittag. Der große Naturholztisch war gedeckt. Mara, ihr Freund Leon und Natascha nahmen Platz. Silke ließ Marion rein und beide kamen ins Esszimmer. Sie setzten sich zu den Kindern. Bei Kaffee und Kuchen wurde über den Workshop geredet. Die Frauen sprühten vor Begeisterung. Leon schmunzelte in sich hinein.
Nach gefühlt einer Stunde wurde er ernst. „Silke, mein Vater lässt dich grüßen. Es hat Dad echt getroffen, dass du ihn so ignoriert hast. Meinst du nicht, dass es an der Zeit ist eure Vergangenheit zu begraben?"
Sie räusperte sich. „Ja weißt du Leon, es war damals kein schönes Ende zwischen uns. Wir haben uns ewig nicht mehr gesehen. Ich hielt es für besser es dabei zu belassen. Dazu stehe ich."
Silke zögerte eine Minute.
„Außerdem hatte ich leider einige andere Begegnungen aus meiner Vergangenheit. Es war mir einfach zu viel" antwortete sie.
„Du meinst Papa," warf Mara ein.
„Ja und Sonja. Und nicht zuletzt Martin." Sofort schüttelte sich Silke. Der Gedanke an besonders diese Begegnung behagte ihr nicht.
„Deinen Ex-Verlobten? Mit dem du vor Papa zusammen warst?" Die Siebzehnjährige sah sie entsetzt an.

„Genau der, Natascha. Es war nicht der Anblick, den ich mir gewünscht habe."
„Oh man Mama, warum hast du uns den nicht gezeigt? Dem hätte ich das Passende gesagt," rief Mara aufgebracht.

Silke lächelte kurz bei dem Gedanken, wie ihre nur 1.58 Meter kleine Tochter, Martin die Meinung sagte. Sie schüttelte den Kopf.
„Lass mal gut sein Mara. Es ist lange her," versuchte sie ihre Tochter zu beruhigen.
„Nein Mama. Der geht echt nicht. So ein scheiß Schläger." Sie redete sich langsam in Rage. „Der läuft rum, als wenn nichts gewesen wäre. Und du, du hast immer noch Probleme wegen ihm." Sie war wütend.

Leon nahm die Hand seiner Freundin. „Ich gebe ihr Recht Silke. Weiß ich doch was damals war, wie er mit dir umgesprungen ist. Frauen schlagen, einsperren und noch schlimmeres, nein das geht gar nicht."
Der junge Mann sah zornig aus. „Der Typ müsste mal erfahren, wie es sich anfühlt, derart mies behandelt zu werden." Angewidert zuckte er die Schultern. Vergessen war in dem Augenblick, dass er etwas anderes gewollt hatte.

Silke überlegte, wie sie die Situation auflockern konnte. Sie stand auf und lief zu dem naturbelassenen Spieleschrank. Sie suchte nach einem Spiel, das ihr dabei helfen würde. Zufrieden griff sie nach Tabu und ging zu den Anderen.
Es gelang.
Zwei Stunden später zogen sich die jungen Leute zurück.

Die Freundinnen setzten sich ins Wohnzimmer auf die gemütliche rote Couch, die gut zu ihrem extravaganten Tisch passte und tranken genüsslich ein Glas Sekt.

15 Uhr,

Wohnung X

Überall in dem zwanzig Quadratmeter großen Raum türmten sich Kisten. Ein kleiner Tisch mit einer Schublade. Stühle, eine Kaffeemaschine, eine Mikrowelle und vieles mehr. Alles stand durcheinander verteilt im Zimmer. Es herrschte beschäftigtes Treiben. Möbel wurden gerückt und Sachen angebohrt.
An der weißen Wand hing bereits ein Stadtplan, daneben ein großes Whiteboard.
Ein Kühlschrank stand neben der Stahltür. Diese war offen. Es knisterte aus allen Ecken
Vor den beiden Fenstern im vorderen Raum hingen schwere, schwarze Vorhänge. Das abgedunkelte Neonlicht warf Schatten.
Knapp eine Stunde später war die Unruhe vorbei. Kein Knistern mehr. Nichts rührte sich. Alles wirkte gespenstisch und kalt.
Es herrschte Stille.

17 Uhr

Marl / bei Frank zu Hause

Nachdenklich saß Frank vor seinem PC, an dem er die Bilder des Workshops bearbeitete.
Er spielte mit seiner Brille, die er beim Lesen, arbeiten und Autofahren brauchte. Silke schaute ihn vom Monitor aus an.
Die Frau, die er einst auf Händen getragen hätte. Die er verehrte. Ein wenig pummelig war sie. Er liebte es. Leon hatte diese Leidenschaft wohl geerbt. In Franks Augen war Silke die perfekte Frau, die Schönste, die es gab.
Leider würdigte sie ihn heute nicht eines Blickes.
Er war nicht naiv. Sie hatte ihn und die gemeinsame Zeit, aus ihrer Welt gelöscht. Ohne ihm je eine Chance, für Erklärungen zu geben.
Aber er hatte stets an sie gedacht.
In seiner Ehe mit Renate, war sie stets in seinem Kopf. Seiner Frau gegenüber war das nicht fair. Doch es gelang ihm nicht, Silke zu vergessen und seine Gefühle zu einhundert Prozent zu verbergen. Für Renate, eine liebevolle Person, fand er das schlimm. Nach fünfzehn Jahren kam es zur Trennung. Sie hielt das Gefühl nicht mehr aus, nur zweite Wahl zu sein. Leon blieb bei ihm. Er war von klein an ein Papa Kind.
Entschlossen machte Frank sich wieder an die Arbeit.

20 Uhr

Stadt / Leon & Marion

Marl / bei Leon & Frank zu Hause

Marion verließ gutgelaunt die Wohnung ihrer besten Freundin. Gleichzeitig schlenderte Leon zu seinem Auto.
„Kann ich dich nach Hause bringen? Ich würde noch mit dir reden wollen," fragte er sie.
„Gerne." Sie freute sich über das Angebot.
Beide stiegen ein. Der schwarze Wagen war unglaublich bequem. Marion kuschelte sich in den breiten Sitz und rief begeistert.
„Wow. Ist das dein Auto? Der ist selbst gemütlich, mit etwas mehr auf den Rippen." Lächelnd strich sie ihren Bauch.
„Ja, den hat mein Vater mir überlassen, nachdem er sich seinen neuen gekauft hat," antwortete er stolz.
„Oh, das finde ich aber klasse. Das ist auch nicht selbstverständlich. Vor allem weil du noch so jung bist."
Leon fuhr los.
„Ich bin dreiundzwanzig." Er lächelte. „Wo wir grade von meinem Dad geredet haben. Ich brauche deine Hilfe Marion." Er wurde ernster.
Sie sah ihn erwartungsvoll an.
„Er braucht eine Möglichkeit, um mit Silke zu reden," löste er die Spannung.
„Hm, solltest du das nicht lieber mit ihr besprechen?" Sie war verwundert.

„Nein, ich glaube sie wird mir nicht zuhören. Denk daran, wie sie heute reagiert hat. Du weißt, wie stur sie sein kann," erinnerte er sie.
„Oh ja. Sie ist ein sehr empathischer Mensch und gleichzeitig manchmal zu verbohrt." Sie überlegte. „Ok, was soll ich machen?"
„Versuch du, mit ihr zu reden. Bei jeder Gelegenheit die sich bietet. Über meinen Vater und darüber das die Vergangenheit so lange her ist. Er weiß bis heute nicht genau, warum es zur Trennung kam. Und wenn es auch nur für Mara und mich ist. Ein Gespräch könnte Wunder bewirken, da bin ich mir sicher," sprach er voller Hoffnung.
Leon hielt den Wagen an.
Sie sah ihn nachdenklich an. „Bist du dir da ganz sicher, dass er den Grund nicht kennt?" Sie wirkte skeptisch.
Der Junge nickte. „Er hat eine leichte Ahnung, das ist alles. Sie hat nie mit ihm gesprochen,"
„Ja das sieht meiner Freundin ähnlich. Ich werde sehen, was ich machen kann, aber erwarte nicht zu viel," bremste sie seine aufkeimende Hoffnung.
„Ich danke dir." Kurz drückte er sie. Beide verabschiedeten sich. Marion stieg aus. Er wartete, bis sie im Haus war und fuhr los.

Leon betrat gegen 21.30 Uhr das mit Kiefernmöbel ausgestattete Arbeitszimmer seines Vaters. Dieser erwartete ihn bereits.
„Na, da bist du ja. Wie war es heute?"
Der Junge berichtete ihm vom Verlauf des Nachmittags.

„Es tut mir leid, dass ich Silke nicht wirklich erreicht habe," entschuldigte er sich.
„Du das verstehe ich. War ja heikel genug mit ihren Begegnungen auf dem Workshop. Ich dachte mir schon, dass sie das sehr mitgenommen hat. Selbst ich fand es extrem gestern."
„Aber Marion wird alles versuchen um dich ins Spiel zu bringen," sagte er aufmunternd.
Frank nickte. „Wie ist sie so? Ich kenne sie ja nur vom Sehen. Aber ich habe das Gefühl, das sie ein ganz patenter Mensch ist." Er war neugierig.
„Ohja, sie ist wirklich großartig. Silke hat eine prima Freundin in ihr," lobte er sie in höchsten Tönen.
„Das ist beruhigend zu wissen. Ich freue mich wirklich darauf sie zu treffen und mit ihr zu reden."

Ihr Gespräch kam wieder auf ihren Plan zurück. Sie diskutierten intensiv.
Gegen 23.45 sah Leon auf die Uhr.
„Ich muss dringend ins Bett Dad. Sonst komm ich nachher nicht raus." Er gähnte.
„Alles klar mein Sohn. Wir sehen uns bei der Arbeit."
Die Männer trennten sich.

Tag 3

Montag

11 Uhr

Stadt / bei Silke zu Hause

Es klingelte. Silke verließ ihr Arbeitszimmer und eilte zur Tür. Ein Bote hielt ihr einen Strauß gelber Rosen, mit jeweils einer Schwarzen und Blauen dazwischen, entgegen. Verwirrt nahm sie die Blumen, bedankte sich und schloss die Wohnungstür. Langsam lief sie in die Küche und zog die Karte hervor.

Ich habe mich unheimlich gefreut, dich zu sehen. Frank

Oh nein. Sie widerstand, den ersten Impuls die Blumen in die Tonne zu werfen. Dafür waren sie zu schön. Und es wäre wirklich schade um die Rosen.
Der tiefen Rührung in ihrem Inneren schenkte sie keinerlei Beachtung.
Silke packte sie in eine Vase, nahm diese mit in ihr Arbeitszimmer und stellte sie auf den runden Eichentisch. Sie saß gerne in diesem Raum, der im altdeutschen Stil eingerichtet war. So ganz anders als der Rest der Wohnung. Ihr privater Rückzugsort.
Sie roch den intensiven Duft der Blumen. Wie sehr sie das mochte.

Gedankenverloren setzte sie sich an ihren geliebten, alten Schreibtisch. Frank kreiste immer noch durch ihren Kopf. Sie schüttelte sich, es war Zeit zum Arbeiten.

12 Uhr

Stadtbücherei / Marion

Jochen & Karina

Die Frau war wie stets in einer ihrer gemütlichen Hosen bei der Arbeit. Sie fand das Kleider oder Röcke ihr nicht standen, trug diese deshalb selten. Sie liebte den Job in der Bücherei. War das für eine Leseratte wie sie, der ideale Ort zum Arbeiten und zum Verweilen. Beschäftigt sortierte sie Bücher ein.
Vom Fenster aus sah sie ihren besten Freund Jochen und Karina, die Leiterin der Selbsthilfegruppe, die zusammen einen Kaffee tranken. Sie waren in einem Gespräch vertieft.

Die Frau wunderte sich. Was hatten die beiden miteinander zu schaffen? Woher kannten sie sich. Verwirrt spielte sie mit den Spitzen ihrer mittellangen schwarz grau melierten Haare. Dann fiel es ihr ein.
Jochen war mal bei einem Treffen anwesend, um sich über das Thema Depression zu informieren.

Mittlerweile waren sie wohl sehr vertraut. Komisch, er hatte gar nichts davon erzählt. Dabei erzählten sie sich eigentlich alles. Sie zwang sich, den Blick von den beiden abzuwenden, um sich auf ihre Arbeit zu konzentrieren. Heute Nachmittag bei Calabrese, würde sie Jochen fragen. Das nahm Marion sich fest vor.

14 Uhr

Stuckenbusch / bei Klaus zu Hause

Klaus stand auf. Er hatte Nachtschicht. Kochte sich einen Kaffee. Der Mann mit den blauen Augen und braunen Haaren nahm sich die Zeitung vom Tisch, die seine Lebensgefährtin ihm hingelegt hatte. Viel los war zurzeit nicht in Recklinghausen. Er zuckte die Schultern, legte die Recklinghäuser Zeitung weg und zog sich an.

Eine halbe Stunde später setzte er sich in sein schwarzes Auto und fuhr nach Marl, um seinen Freund zu treffen. Zwölf Jahre war die erste Begegnung zwischen ihnen her. Sie kannten sich von verschiedenen Veranstaltungen, verstanden sich direkt prima und hatten sich schnell angefreundet. So unterschiedlich sie vom Typ her waren, der sportliche Frank und er, leicht übergewichtig, so gleich tickten sie vom Charakter her. Das einzige Problem war Silke, seine beste Freundin seit zwanzig Jahren. Sie ignorierte Frank.

Leider.

Er wusste natürlich, dass sie mal zusammen waren. Und er fand, dass es passte. Das perfekte Paar, der hochgewachsene Mann und die herzensgute, hübsche Frau mit den rotblonden Haaren. Sie war mit ihren 1,64 Meter zwar knapp sechzehn Zentimeter kleiner als Frank, aber wen störte das?

Vorsichtig bog Klaus am Marler Stern ein und lenkte seinen Wagen in die Tiefgarage. Er wollte kurz etwas besorgen, ehe er seinen Freund traf

15 Uhr

Calabrese / Silke, Marion & Jochen

Die Eisdiele war an diesem sonnigen Tag extrem voll. Die äußeren Sitzplätze waren alle belegt. Die Freundinnen betraten das Eiscafé. Hier sah es nicht anders aus. Die meisten der braunen Lederstühle und Bänke waren besetzt.
Marion sah sich um. Ihre wachen grünen Augen erblickten ihn. Da war er. Dieses lichte graubraune Haar erkannte sie von weiten. Ihr gemeinsamer Freund Jochen hatte sich ihren Lieblingsplatz geangelt. Gemütlich saß er unter den Bildern mit den Filmszenen, die an der weißen Wand hingen.
Zielstrebig liefen sie durch den dreigeteilten Raum auf ihn zu. Er stand auf. Lachend begrüßten sich die drei. Silke nahm wie stets auf der Bank mit dem Blick zum Fensters Platz, ihre Freundin auf dem Stuhl gegenüber.
Jochen setzte kurz seine Lesebrille auf. Sie schauten in die Karte und nannten dem Kellner ihre Bestellung.
Marion sprach über den Workshop. Direkt waren beide Frauen wieder Feuer und Flamme. Angeregt erzählten sie und ihr Freund hörte gespannt zu.
Der Kellner brachte das Eis sowie die Bananenwaffel für Silke. Sie liebte Bananen in jeglicher Form. Genüsslich und schweigend aßen sie.
Urplötzlich redete Marion über Martin. Silke schüttelte sich. „Ach nein lass uns den bitte vergessen.“ Sie kniff die Augen zusammen. Ihre Freundin nickte. Jochen sah sie

ernst an. „Ihr sprecht nicht zufällig von dem Typen, mit dem du mit 18 verlobt warst?“ wollte er neugierig wissen.
„Ja den meinen wir. Aber lass gut sein ...“ versuchte Silke das Thema zu beenden.
Aufgebracht rief er: „Schade, dass ich nicht da war. Der hätte mich kennengelernt.“
„Beruhige dich. Alles ist gut.“ Kurz berührte Silke seinen Arm und lächelte schief.
„Trotzdem bräuchte der mal eine Abreibung. Naja, was nicht ist ...“ Wütend steckte sich Jochen ein zu großes Stück Eis in den Mund. Sofort verzog er das Gesicht. Die Frauen lachten. „War das etwa kalt?“ Marion boxte ihn leicht in die Seite. Endlich grinste er wieder. Silke atmete erleichtert auf.
„Mal was anderes, ich habe dich heute gesehen.“ Marion sah den Mann neugierig an. „Seit wann triffst du dich mit Karina?“
„Ich, nun ich habe sie mal zum Essen eingeladen und wir mögen uns.“ Jochen wurde rot und sah ertappt aus. „Oh, hast du dich in sie verliebt? Sie ist ja eine Hübsche. Und Frauen mit braunen Haaren haben es dir ja schon immer angetan,“ neckte sie ihn grinsend.
Er lächelte. „Nein echt nicht, wir sind nur Freunde.“ Wieder wurde er rot. Marion ließ es gut sein, grinste aber schelmisch.
Stunden später, nach weiteren Gesprächen, ernste und lustige und den Versuch Frank mit einzubeziehen, verließen sie zusammen die Eisdiele. Gemeinsam spazierten sie zum Busbahnhof.
„Ich wollte es ja eigentlich nicht erzählen. Aber du hast Frank vorhin erwähnt Marion. Er hat mir Rosen geschickt, in meinen Lieblingsfarben. Und eine Karte.“ Die Freunde

sahen sie begeistert an. „Und Silke, wirst du reagieren?“ Jochen wartete gespannt.
„Nein auf keinem Fall. Dieser Mann ist Geschichte,“ antwortete sie kühl.
Marion schüttelte den Kopf, sagte aber nichts. Sie schaute ihre Freundin nur enttäuscht an. Die behielt ihre Gedanken und Gefühle für sich, war es noch zu früh darüber zu sprechen
Sie verabschiedeten sich intensiv und traten ihren Heimweg an.

15 Uhr

Noah`s & Zoe`s Marl / Frank & Klaus

Wieder saß er in seiner Lieblingslocation und beobachtete die Gäste. Sein geschulter Blick brachte ihn die Menschen näher. Ein verliebtes Paar, ein anderes, dass sich augenscheinlich nichts zu sagen hatte und fünf junge Männer mit ihren Handys beschäftigt. Trotzdem in einem Gespräch vertieft.
Die Kellner mit weißem Shirt und grauer Schürze, freundlich, interessiert und zuvorkommend.
Frank saß wie immer an einem Tisch gegenüber der Küche. Hinter ihm ein großes Graffitibild, bunt, mit dem Motto von Noah´s & Zoe´s: Same Same but different.
Es lenkte ihn ab hier zu sein. Zuhause starrte er nur auf ihre Fotos. Silke, die Frau seines Lebens. Er wüsste zu gern, ob ihr die Blumen gefielen.
Der Mann schüttelte sich. Er war hier, um abzuschalten und benahm sich stattdessen ein bisschen wie ein verliebter Teenager. Dabei war er ein gestandener Mittfünfziger, mit grauen Strähnen in dem dunkelblonden Haaren. Er bekam viele Angebote von Frauen, nur die Eine, die er wollte, die gab ihm keine Chance.
Langsam trank er seinen Kaffee aus, rief den Kellner und bestellte einen Neuen.
Klaus betrat den Raum und blickte sich um. Er entdeckte seinen besten Freund sofort. Herzlich begrüßten sich die Männer. Schnell waren sie in ein intensives Gespräch vertieft.

18 Uhr

Wohnung X

Der Raum hatte sich verändert. Vom Chaos war nichts mehr zu sehen. Die Stühle standen ordentlich um den Tisch herum.
Neben der Stahltür stand ein Schrank, darauf eine Mikrowelle und eine Kaffeemaschine. Außerdem Pappteller, Besteck und andere Gegenstände.
Das große Whiteboard war nicht mehr leer. Bilder von zwei Männern hingen daran. Diese waren beschriftet mit Zeiten, Orten und verschiedenen Daten.
Dem Stadtplan zierten rote Pins an einigen Stellen und Blaue an Anderen.
Die Stahltür stand offen. Der zweite, kleinere Raum kam zum Vorschein. Dieser war fensterlos. Darin befand sich ein Tisch mit verpackten Sachen. Eine Massageliege stand in der Mitte. Es gab nicht ein Eckchen, das ohne Folie war.

Der Raum war bereit.

20 Uhr

Recklinghausen-Süd / Person X

Niemand beachtete die Person, die an der Stadtgrenze zu Herne stand und auf etwas zu warten schien.
Ein silbernes Auto fuhr rasant auf einen abgelegenen Parkplatz. Ein angetrunkener Mann stieg aus, verschloss den Mercedes, schwankte über die Straße und betrat das Haus.
Zufrieden schlenderte die schwarzgekleidete Gestalt zu dem Wagen, verweilte dort einige Zeit und entfernte sich eilig zur nahegelegenen Bushaltestelle. Der SB 20er kam ziemlich schnell und brachte die Person Richtung Stadt.

Tag 4 Dienstag

10 Uhr

Recklinghausen-Süd / Walter

Der große, schlanke, ganz in schwarz gekleidete Mann mit dem Lederhut auf dem Kopf griff nach der Karte, die unter dem Scheibenwischer seines schweren Wagens steckte. Wie sein Besitzer, war dieser in die Jahre gekommen. Beiden merkte man das Alter kaum an.
Unschlüssig drehte er die Karte in seinen Händen. Was war das? Laut las er.

„Walter!

Deine letzte Woche beginnt ...

... jetzt!“

Belustigt steckte er sie in die Tasche seiner Jeans. Blöder Scherz. Irgendeiner seiner Kollegen hatte wohl zu viel Zeit. An etwas ernstes dachte er nicht.
Achselzuckend schloss er das Auto auf und stutzte. Die Tür öffnete sich nicht. „Was zum Teufel...“ Sie war verschlossen. Erneut drehte er den Schlüssel, diesmal funktionierte es. Seine Stimmung kippte. Hatte er gestern vergessen abzuschließen? Kaum möglich. Obwohl, er hatte Stress und

war unaufmerksam in letzter Zeit. Ulla war schuld. Ständig meckerte sie rum. Und Helga ... Scheiß Weiber.

Walter setzte sich wütend hinters Steuer. Er hatte kein Ziel, brauchte nur etwas Entspannung.
Rücksichtslos fuhr er los. Die anderen Verkehrsteilnehmer waren ihm egal.
Er war sich selbst stets am nächsten.

12 Uhr

Stadt / bei Silke zu Hause

Ihre Gedanken hingen bei Frank. Heute lagen ihre Lieblingspralinen vor der Tür. Sie lächelte. Ja er kannte sie wirklich sehr genau.
Silke wurde ernst.
Was immer er sich vorstellte, das war nicht möglich. Sie musste unbedingt verhindern das er sich wieder in ihr Herz schlich. Das war ungesund für sie und ihn. Es hatte beim ersten Mal schon nicht funktioniert. Vieles zwischen ihnen war ungeklärt, das war ihr bewusst. Aber sie blieb lieber allein.
Beziehung bedeutete Betrug, Lügen und Gewalt. Das hatte sie gelernt. Nie wieder wollte sie das erleben. Vertrauen fiel ihr schwer. Egal wie auch immer der Mann hieß.
Inzwischen lief ihr Leben in geregelten Bahnen und so sollte es bleiben.

Sie nahm sich eine Praline und schaute auf die duftenden Rosen. „Nein, jetzt ist Schluss." Laut und deutlich klangen die Worte durch ihr Arbeitszimmer.
Energisch holte sie tief Luft und fing an zu arbeiten.

15 Uhr

Recklinghausen-Süd / Person X & Walter

Unauffällig stand die Person an der Bushaltestelle und sah zu dem Haus, in dem Walter Tolko lebte. Der unsympathische Typ war nach einer wahnsinnig riskanten Autofahrt, vor einer halben Stunde zurückgekommen. Lebend.

Aber er war eindeutig geladen. Das hatte sich nicht geändert. Er stand an der offenen Tür. „Wohin gehst du Walter?“ Leise klang die zittrige Stimme einer Frau. Ulla, die Lebensgefährtin von ihm.

„Das kann dir doch egal sein,“ schnauzte er sie an. „Wenn ich genug habe, siehst du mich wieder.“ Die schlanke Frau schlich schweigend ins Haus.

Walter beschloss zu laufen. Bewegung konnte nicht schaden. Er bemerkte nicht, dass er verfolgt wurde. Laut fluchend lief er die Bochumer Straße hoch. Seine Stammkneipe hatte seit einiger Zeit geschlossen.

Wohin?

An der einen Ecke sah er eine kleine Kneipe. Er nickte. Zufrieden überquerte er die Kreuzung. Sein Verfolger schoss Fotos mit dem Handy, beobachtete angewidert wie Walter die Gaststätte betrat und lief zurück.

17 Uhr

König-Ludwig / Person X & Martin

Martin war früher als sonst von der Platte verschwunden. Dort wo viele Obdachlose und Suchtkranke verkehrten´, fühlte er sich wohl. Ihm war klar, dass es viele Menschen gab, die sich unwohl fühlten, dort herzulaufen. Das aber war ihm egal, Heute jedoch fror er trotz Jacke, so hatte er beschlossen, nach Hause zu fahren. Bier stand im Kühlschrank und Tina hatte gekocht. Er hatte sie extra angerufen. Ansonsten nervte ihn Technik. Einen Computer besaß er nicht. Sein altes Handy benutzte er normalerweise nicht. Wozu auch. Ausnahmsweise war er jedoch froh darüber, es zu haben. So wusste sie, dass er bereits kam. Er aß nie viel, aber einwenig Hunger verspürte er schon. Zitternd stieg er aus dem Bus und lief die kurze Strecke nach Hause. Die Person, die ihn verachtend beobachtete und seit dem Bahnhof den gleichen Weg nahm, bemerkte er nicht.
Martin betrat das runtergekommene Haus, das dringend einen Anstrich benötigte. Wahrscheinlich nicht nur das. Sein Verfolger schrieb etwas in ein Notizenbuch, drehte um und beeilte sich, zurück zum Bus zu kommen.

19 Uhr

Calabrese / Leon & Mara

Das junge Paar traf sich gegen Abend in der Stadt. Beide waren den ganzen Tag beschäftigt. Nicht einmal telefoniert hatten sie. Umso größer war die Freude bei den Verliebten, sich endlich zu treffen.
Küssend standen sie Minuten vor dem Palais Vest, um dann Arm in Arm zur Eisdiele zu schlendern. Bei Calabrese war es nicht so voll, wie sie erwartet hatten. Darüber waren beide froh. So gab es die Möglichkeit ungestört zu reden. Sie setzten sich in den oberen Bereich.
„Bist du dir zu hundert Prozent sicher, dass du meinen Dad helfen möchtest Mara. Es kann Probleme geben, das weißt du. Deine Mutter könnte richtig sauer werden,“ fragte er vorsichtig.
„Das ist mir bewusst Leon. Aber ich finde den Plan super. Manchmal sollte man einfach mal was wagen,“ stellte sie klar.
„Ich bin froh, dass du es auch so siehst. Wir kriegen das hin.“ Er lächelte: „Eltern“ Das Mädchen lachte, ihre Grübchen verstärkten sich.

Gegen 21 Uhr brachte er seine Freundin nach Hause. Er selbst hatte noch etwas zu erledigen. „Mara ich rufe dich nachher an. Dann besprechen wir alles weitere.“ Sie nickte, küsste ihn und verschwand. Leon fuhr los.

22 Uhr

Recklinghausen-Süd Kneipe / Walter & Person X

Die Person betrat die Gaststätte und setzte sich an einem Ecktisch. Eine Kellnerin nahm die Bestellung auf.
Der Mann saß am Tresen und sprach mit dem Wirt.
Walter war in Höchstform. Er meckerte über seine Lebensgefährtin und die Familie. Lachte offen Menschen aus, die seiner Meinung nach nicht der Norm entsprachen, um eine Sekunde später vor Charme zu sprühen und die junge Frau neben sich anbaggerte.
Die Person schüttelte den Kopf, sie hatte genug gesehen. Ja es traf den Richtigen. Walter war ein Ekel. Sie bezahlte und lief zu dem dunklen Wagen, der um die Ecke geparkt war.

Tag 5

Mittwoch

10 Uhr

Stadt Palais Vest / Walter & Ulla

Walter war mit seiner Lebensgefährtin unterwegs ein Hochzeitsgeschenk für seine Enkelin kaufen. Obwohl Ulla ihn versucht hatte, davon zu überzeugen, dass es sich nicht lohnte, wo sie doch gar nicht eingeladen waren. „Du kommst ja auch nicht mit, aber ich bin der Opa." Kurz schüttelte er sich bei dieser Bezeichnung. Wie immer war ihm ihre Meinung egal.
Im Einkaufszentrum trafen sie auf Silke. Diese ignorierte ihn. So wie stets, wenn sie einander begegneten. Walter zuckte mit den Schultern. Sie war ihm komplett gleichgültig. Er hatte in ihr nie seine Tochter gesehen, war sie doch von Geburt an zu füllig in seinen Augen. Dicke Menschen verabscheute er.
Der Mann war unsicher, was er holen sollte, so schlenderte das Paar im Untergeschoss durch die Geschäfte und aßen etwas in der „Fressmeile". Walter entschied sich dann für ein Geschenk vom MediaMarkt in der oberen Etage des Palais.
Nach dem Einkauf liefen Ulla und er zum Erlbruchpark, hinter dem Rathaus. Er parkte nie im Parkhaus, da er der Sicherheit dort nicht traute. Obwohl der Parkplatz

mittlerweile ziemlich voll war, entdeckte Walter seinen Wagen sofort. Da stimmte etwas nicht.
Schweratmend eilte er mit schnellen Schritten zu dem Mercedes. Alle vier Reifen waren platt. Er keuchte, lief rot an und tobte so gut es in sdiesem Zustand ging. Ulla zuckte zusammen. Kannte sie doch seine Wutausbrüche. Die vorbeieilenden Menschen schauten ihn kopfschüttelnd an. Er bemerkte es und wurde äußerlich ruhiger, innerlich tobte er jedoch weiter.

An der Windschutzscheibe klemmte mal wieder etwas. Er nahm den Zettel ab. Ärgerlich las er:

Jeder zerstochene Reifen steht für eine nahe Person, die du gequält hast.

Er schluckte leicht und schaute sofort genauer hin. An den Felgen hingen Karten. Rote Schrift.
Vier Namen: *Helga, Martina, Sven, Silke*
„Verflucht, was bedeutet das? Was haben die damit zu tun?“ Verwirrt aber hauptsächlich wütend, fuhr er Ulla an. „Guck nicht so blöd. Ruf die Bullen.“ Sie griff zu ihrem Handy. „Nein warte ...,“ nervös zerzauste er sein schwarz gefärbtes Haar „das ist keine gute Idee.“ Er nahm die Karten an sich und den Zettel. Steckte die Sachen ein. „Du weißt schon warum ...“

Dann lief er zur Bushaltestelle am Viehtor. Ulla hatte Mühe hinterherzukommen. „Renn doch nicht so Walter. Der SB 20er kommt alle zehn Minuten.“ Unwirsch knurrte er etwas Unverständliches, wurde aber langsamer. Sie

überquerten die Straße, stellten sich vor den Gentleman Club, wo die Haltestelle war und warteten auf den Bus.
In Recklinghausen Süd stiegen sie auf der König-Ludwig Straße in den 210er Richtung Röllinghausen. Dort war eine Werkstatt, dessen Chef er von verschiedenen Skatabenden kannte.
Dieser versprach ihn, sich um das Problem zu kümmern. So schnell und günstig wie möglich und auf Raten. Walter übergab ihn den Autoschlüssel.
Ulla und er fuhren erschöpft nach Hause.

14.30 Uhr

Wohnung X

Es standen Karteikästen gestapelt auf einem Stuhl, vier große Holzkisten. Sie waren beschriftet.
Zwei weitere standen auf dem Tisch und waren geöffnet.
Bilder und kleine Karten, schwarz mit roter Schrift, lagen davor.
Einige Magnete für das Whiteboard und eine Tasse mit einer Pfütze Kaffee, neben einer Kanne.
Stille.
Der Raum war leer.

16 Uhr

Stadt Palais Vest / Noah´s & Zoe´s

Silke, Maurice & Rene

Im Einkaufszentrum war es voll an diesem Tag. Reges Treiben herrschte. Silke stand mit ihren Söhnen, dem 22 jährigen etwas fülligen Maurice und dem schlanken 21 jährigen Rene vor der Information. Es war der freie Tag des Jüngeren. Die beiden Männer hatten sich hier getroffen. Der Ältere hatte seit Montag zwei Wochen Urlaub. Sie hatten ihre Mutter gebeten auch zu kommen. Leider sahen sie sich nicht so oft. Sie hatte etwas Zeit, bevor die Selbsthilfegruppe anfing.
Wohin? Die drei entschieden sich fürs Noah`s.
Einfach mal Quatschen, was trinken und zusammen sein.
Rene gab seiner Freundin Sandra Bescheid, dass er später kommen würde.
Sie suchten sich einen Platz nahe der Tür. Silke war begeistert. Sie saß zum ersten Mal hier und schaute sich interessiert um. Die Deko gefiel ihr. Die gesamte Atmosphäre war genau ihr Fall. Chaotisch und trotzdem stimmig. Der Kellner kam und sie bestellten etwas zu trinken.
Sie sprachen über ihrem Alltag, der Arbeit und von der bevorstehenden Hochzeit ihrer Nichte und Cousine.
Die jungen Männer gaben ihrer Mutter Geld. Wie immer schmissen alle zusammen für ein Geschenk. Mara kümmerte sich darum es zu besorgen und zu gestalten.

Natascha packte es ein. Und sie war für die Karte zuständig.
Sie bestellten noch etwas zu trinken und für Silke, Waffeln mit Puderzucker. Sie genoss die Zeit mit ihren Söhnen.

Urplötzlich wandelte sich das positive Gefühl. Sie bekam Beklemmungen und sah suchend nach hinten.
„Was ist los Mutti?“ Rene schaute sie verwundert an.
„Ich weiß nicht, ich habe das Gefühl beobachtet zu werden.“ Sofort blickten sich ihre Söhne um.
„Ich sehe nichts Mama.“ Maurice nahm beruhigend ihre Hand.
„Wahrscheinlich habe ich mich geirrt.“ Sie lächelte gequält und sah auf die Uhr. „Oh schade Jungs, ich muss los. Leider. Heute ist meine Selbsthilfegruppe.“
„Sollen wir dich hinbringen?“ Rene sah sie besorgt an. Sein Bruder nickte.
„Ach quatsch ihr zwei. Alles ist in Ordnung. Ist zum Glück nicht so weit,“ beruhigte sie die Jungs.
Sie holte ihr Geld raus. „Ne Mama. Das übernehmen wir.“
„Danke euch“ Sie verabschiedete sich von ihren Söhnen. Eilig lief sie Richtung Bahnhof.

18 Uhr

Ost / Silke, Marion & Karina

Die Selbsthilfegruppe war wie immer bestens besucht. Karina Sonntag, selbstständige Ladenbesitzerin, von Wolle und mehr, war selbst vor langer Zeit Betroffene. Sie hatte damals begriffen, wie wichtig Hilfe ist und rief die Gruppe ins Leben.
Sie war beliebt bei den Mitgliedern. Hatte stets ein offenes Ohr für alle Probleme. Sie war ein Sonnenschein. Nur wenn sie sich unbeobachtet wähnte, gab es kurze Einblicke in ihre Gefühlswelt. Silke hatte diese Momente einige Male erlebt. Sie war sich sicher, dass Karina, eine dunklere Seite hatte.
An diesem Abend gab es die üblichen Fragen.
Depression ist ein schwieriges Thema. Sie äußert sich in verschiedenen Formen. Viele Außenstehende verstehen die Krankheit oft nicht. Sind sicher, dass es Faulheit ist, um nicht zu arbeiten, oder halten es für Spinnerei. Akzeptieren es nicht.
Betroffene kommen mit ihren Problemen am Anfang oft selbst nicht klar. Und für Angehörige ist es ebenfalls sehr schwer. Der Abend war wie immer interessant und informativ.
Silke überlegte kurz von dem Gefühl beobachtet worden zu sein, zu erzählen. Behielt es aber für sich, da sie sich nicht mehr sicher war. Sie wirkte ziemlich bedrückt. Die Leiterin sah sie fragend an, doch sie schüttelte nur den Kopf.
Gegen 21.30 Uhr verabschiedete Karina die Gruppe eine halbe Stunde früher als gewöhnlich, da sie einem späten Termin hatte.

Marion sah ihre Freundin an. „Irgendetwas beschäftigt dich doch. Was ist los?“ fragte sie besorgt.
„Ach nichts weiter.“ Sie liefen ein Stück gemeinsam. Silke erzählte vom Nachmittag mit ihren Söhnen und dem Gefühl beobachtet zu werden.
„Und du hast niemanden gesehen?“
„Nein. Aber ich war mir in dem Augenblick zu hundert Prozent sicher.“ Sie blieben stehen.
„Soll ich dich besser begleiten?“
„Ach nein. Echt nicht. Ich bin doch fast da,“ beruhigte Silke sie.
„Ok aber texte mich an, wenn du zu Hause bist,“ forderte Marion liebevoll.
„Ja das mache ich,“ versprach sie ihrer Freundin.
Die Frauen umarmten sich. Jede lief in ihre Richtung.

22 Uhr

Wohnung X

Die Person eilte in den Raum, nahm die gebrauchte Tasse und trug sie zur Spüle. Sie reinigte diese und spülte die Kanne aus.
Sie schüttelte sich ärgerlich. Keine Spuren hinterlassen war die oberste Devise. Wusste man doch nie, was sich ergab.
Beschäftigt brachte sie ein weiteres Foto am Whiteboard an und beschriftete es.
Sah noch einmal durch das Zimmer und löschte das Licht.
Draußen schaute sie sich um. Schnell die Schutzkleidung ausgezogen und ab in die Tonne. Morgen war Abholung.
Sie stieg erschöpft in das Auto, setzte die Brille auf und fuhr los.

23 Uhr

Hillen / Person X

Wachsam lief die Gestalt zu dem Reihenendhaus und schaute sich immer wieder um. Zum Glück war es leer auf der Straße um diese Zeit. Die meisten Fenster waren dunkel. Es herrschte Stille.
Die Person griff in ihre dunkle Jacke und holte einen braunen Umschlag aus der Innentasche. Sie warf diesen vorsichtig in den amerikanischen Briefkasten an der Vorderseite. Lautlos entfernte sie sich und stieg in den abseitsstehenden Wagen. Startete den Motor und fuhr erleichtert und zufrieden los.

Tag 6

Donnerstag

10.30

Hillen / bei Lars zu Hause

Die Person saß versteckt auf der kleinen Mauer im Garten. Das war die perfekte Entfernung, um den Geschehnissen im Haus zu folgen. Sie beobachtete den Streit und sah, wie die Familie zur Haustür eilte.

Lars Piwoll verzog keine Miene, seine Frau Stefanie verließ mit ihrer gemeinsamen Tochter Nadine das Haus, um zu ihren Eltern zu ziehen. Wieder mal.
Ja innerlich war er wütend.
Auf Steffi, weil sie kein Verständnis für ihn zeigte und auf denjenigen, der ihr die Fotos seiner letzten Affäre zugeschickt hatte. Nur dieser Person hatte er dieses Drama zu verdanken.
Seine Schuld sah er nicht. Warum? Liebevoll und herzlich kümmerte er sich, um das andere Geschlecht, Menschen, die er brauchte, überschüttete er mit Freundlichkeit.
Er war beliebt bei den jungen Dingern und bei Arbeitskollegen.
Der Mann war so von sich überzeugt, dass er glaubte, flirten stand ihm zu, er nahm seiner Frau doch nichts weg.
Kopfschüttelnd schloss er die Tür.

Gedankenverloren schlenderte er in sein sonst so sorgfältig aufgeräumtes Wohnzimmer. Die hellen Eichenmöbel waren staubfrei, aber überall auf der Couch, dem Tisch und Boden lagen Bilder verstreut. Ebenso der Ehering seiner Frau und Papiere.
Seufzend beseitigte er die Unordnung und nahm einige Fotos in die Hand. Er sah das verklärte Gesicht der Schönheit, die in seinen Armen lag. Oh, man die Kleine war heiß. Sie gaben schon ein tolles Paar ab. Er der hochgewachsene, gutgebaute Mann und diese junge Neunzehnjährige. Sie schenkte ihm die große Liebe. Haha wie naiv. Sie war nur sein Betthäschen.
Bald war es an der Zeit sie aufzuklären. Er lernte so viele Mädchen kennen ...
Missmutig legte er die Bilder auf den Tisch, neben einem leeren Glas lag etwas Schwarzes.
Erwartungsvoll hob er die Karte hoch.

„Lars!

Deine letzte Woche beginnt ...

...jetzt!“

Hatte Stefanie endgültig den Verstand verloren?
Hielt sie ihn für so blöd, sich davon verunsichern zu lassen? Er lachte.
Keine Sekunde kam ihn der Gedanke, dass jemand anderes dafür zuständig war. Achselzuckend warf er die Karte zu den Bildern.

Er hatte genug, verschloss die Verandatür und nahm seinen Schlüssel. Er verließ das kleine Reihenhaus und fuhr zu einem Freund.

Die Person wartete 10 Minuten und lief zur Bushaltestelle, wo das Auto stand. Es war hervorragend gelaufen.

13 Uhr

Wohnung X

Die Kaffeemaschine lief.
Der Laptop, ein älteres Modell, stand offen auf dem Tisch. Daneben ein dritter Karteikasten. Schwarze Karten lagen davor.
Am Whiteboard hingen neue Bilder. Neben Walter und Lars, waren dort Fotos einer Frau angeheftet.
Der Kaffee war fertig. Endlich. Die Person im Schutzanzug, füllte diesen in die rote Thermoskanne sowie in eine Tasse und fluchend und angewidert arbeitete sie weiter.
Zwei Stunden später, räumte die Gestalt genervt, aber zufrieden auf und verließ die Wohnung durch den Hinterausgang.

15 Uhr

Marl / Silke

Silke saß begeistert bei Noah´s und genoss einen Cappuccino. Hier gefiel es ihr genauso wie in Recklinghausen.
Sie hatte im Marler Stern etwas zum Anziehen für die Hochzeit gesucht. Es hatte gedauert, aber jetzt lag in der Einkaufstasche ein hinreißendes Kleid. Genau richtig für diesen Anlass.
Ihr Blick blieb an ihrer Armbanduhr hängen. Sie rief einen Kellner, bezahlte und lief rüber zum Stern. Sie schlenderte langsam Richtung Aufzug.

Das Gefühl beobachtet zu werden machte sich breit. Ihre Stimmung schlug um und sie wurde panisch. Rannte die Treppen hoch. Keuchend lief sie zum Busbahnhof und stieg direkt in den SB 25er, der bereits dort stand.
Schweratmend schaute sie aus dem Fenster, sah aber niemanden. Sie unterdrückte ein hysterisches Lachen, wollte nicht auffallen. Um abzuschalten, packte sie sich Musik auf die Ohren und hörte zur Entspannung Deutschrock.

16 Uhr

Calabrese / Karina, Jochen & Marion

Karina und Jochen saßen zusammen und unterhielten sich. Marion hatte Feierabend. Gemütlich spazierte sie durch die Innenstadt, bei Calabrese vorbei und stutzte. Sie beschloss, die beiden zu begrüßen, betrat die Eisdiele und lief zu ihnen. „Hallo ihr zwei, schön euch zu sehen."
„Na du, möchtest du dich zu uns setzen?" Karina sah sie erfreut an.
„Ich will euch nicht stören." Kopfschüttelnd lächelte sie.
„Ach quatsch du störst uns nicht." Jochen stand auf, umarmte sie. „Komm.".
„Okay aber nur auf einen Cappuccino," gab sie nach.
Sie unterhielten sich angeregt. Die Leiterin der Selbsthilfegruppe sah Marion ernst an. „Wie geht es Silke? Ich hatte gestern den Eindruck das sie etwas bedrückt."
Marion nickte. „Du kennst ja ihre Geschichte. Und beim Gesangsworkshop hatte sie einige Begegnungen aus ihrer Vergangenheit. Das beschäftigt sie schon. Über das andere kann ich nicht sprechen. Das muss sie selbst erzählen." Bedauernd zuckte sie mit den Schultern.
„Natürlich das verstehe ich. Wenn sie reden will, kann sie immer zu mir kommen. Ich hoffe sie weiß das."
„Aber sicher Karina, das wissen wir alle." Lächelnd sprach sie weiter. „Und wir sind auch echt froh darüber. Das kannst du mir glauben"
Sie wechselten das Thema, bestellten noch etwas und genossen die Zeit im Eiscafé.

17 Uhr

Busbahnhof / Silke

Müde betrat Silke die Bäckerei und bestellte einen Filterkaffee. Sie setzte sich in die hinterste Ecke. Nachdenklich sah sie auf die Straße.
Was war nur los? Wieder dieses Gefühl verfolgt zu werden. Entweder wurde sie paranoid, oder es war wirklich jemand hinter ihr her.
Aber wer? Und warum?
Angestrengt überlegte sie, wen sie kannte, wer etwas gegen sie hatte. Leider kam sie zu keinem Ergebnis. Natürlich gab es Menschen, die sie nicht mochten. Sie glaubte nur nicht, dass einer von denen sie verfolgte.
Sie trank einen Schluck ihres vergessenen Kaffees. Er war wie erwartet kalt. Genervt brachte sie die Tasse weg und verließ das Geschäft.
Langsam lief sie nach Hause, jedoch nicht ohne sich immer wieder unauffällig umzusehen.

Vor der Tür lag neben einem Präsent, ein atemberaubender Strauß Blumen und eine Karte:

Für die einzige Frau in meinem Herzen.

Gerührt nahm Silke die Sachen an sich und betrat die Wohnung. Sie stellte die Rosen in eine Vase, nahm diese und brachte sie ins Wohnzimmer. Sie sog ihren Duft ein. Das half ihr den Kopf frei zubekommen.

Aber nur kurz und schon kamen die Sorgen zurück. Die gegenwärtige Situation und Frank, das alles beschäftigte sie intensiv und kraftaufreibend.
Um sich abzulenken, setzte sie sich vor den Fernseher und zappte gegen ihre Gewohnheit herum. Sie legte die Fernbedienung neben sich und versank tief in Gedanken.

18 Uhr

Recklinghausen-Süd Kneipe / Walter

Walter war bei Olle und genoss sein drittes Pils. Seit anderthalb Stunden saß er an der gemauerten Theke, er liebte den Raum mit dem Fachwerk an den Wänden. Mittlerweile hatte er sich wieder beruhigt.
Dieser Scheiß brachte ihn nicht aus der Ruhe.
Klar er war ärgerlich wegen der Reifen, sowas hätte er eher hier in Süd erwartet, nicht in der Stadt. Und es war ein verdammt kostspieliger Spaß, aber mehr auch nicht. Ulla bekam halt jetzt weniger Geld für Zigaretten. Zeit zum Sparen. Oder sie hörte ganz auf. Blöde Qualmerei. Unnötige Geldausgabe war das und eh viel zu teuer.

Die Karten jedoch ließen ihn kalt. Die waren ihm nicht ein einziges graues Haar wert.

Der Mann sah auf die Uhr. Es war Zeit für Fußball, sollte er hier schauen oder bei Ulla? Die hatte gekocht und für kaltes Bier und Snacks gesorgt. Er überlegte kurz, entschied sich und bezahlte. Er verabschiedete sich von allen und lief eilig nach Hause.

22 Uhr

Recklinghausen-Süd / Person X

Die Person lief langsam in Richtung des Stadthafen, es war wieder ein langer Tag.
Sie sah Walters Auto und schaute sich vorsichtig um. Heute war nicht viel los. Viele Menschen waren um diese Uhrzeit zu Hause, oder auf der Arbeit. Es würde also niemanden auffallen, wenn sich jemand kurz daran zu schaffen machte. Die paar Leute hier waren mit ihren eigenen Sachen beschäftigt.
Schnell war die dunkle Gestalt fertig, schlenderte zurück und stieg in den ankommenden Bus bis zum Viehtor. Am Erlbruchpark setzte sich die Person erschöpft in das parkende Auto.

Tag 7

Freitag

10 Uhr

Recklinghausen-Süd / Walter

Walter hatte sich heftig mit Ulla gestritten. Seine Meinung wegen ihrer Raucherei hatte ihr nicht gefallen. Immer diese Widerworte. Hatte sie es doch gewagt ihn aufzufordern, selbst zu sparen. Sein Auto, seine Reifen. Eindringlich war seine Reaktion ausgefallen. Jammernd kauerte sie in der Küchenecke. In nächster Zeit würde sie sich nicht mehr auflehnen.
Zufrieden schlenderte er zu seinem Wagen. Er war froh, dass sein Skatkumpel so schnell für Ersatzreifen gesorgt hatte. Alles sah prima aus. Den Schlüssel hatte er im Briefkasten gefunden.
Walter öffnete die Tür und setzte sich in das Auto.
Er sah zur Windschutzscheibe, traute seinen Augen nicht.
Da, unter dem Scheibenwischer, klemmte erneut eine kleine schwarze Karte.
Generrvt stieg er aus, nahm diese und las:

„Halbzeit:

Du hast noch drei Tage.“

Sofort fielen ihn die anderen Sachen ein. Was bedeutete das alles?
Er schüttelte sich und grinste.
Egal. Irgendein Spinner hatte seinen Spaß dabei. Was kümmerte ihn das?
Walter raste los. Hinter sich hörte er Hupen. Eilig riss er sich zusammen. Bemerkte den Wagen nicht, der ihm folgte.

12 Uhr

Calabrese / Silke & Marion

Die Freundinnen saßen bei einem Kaffee zusammen. Silke erzählte angespannt von gestern. Dem erneuten Gefühl verfolgt zu werden. Marion sah sie nachdenklich an.
„Wir müssen das im Auge behalten. Nur verrückt machen darfst du dich nicht."
„Ich weiß. Aber das ist gar nicht so einfach," erwiderte Silke.
„Ja das glaube ich dir. Gut, dass du die nächste Zeit einiges vorzubereiten hast. Vielleicht lenkt dich das ab," sagte ihre Freundin hoffnungsvoll.
„Das hoffe ich. Ich bin unglaublich gespannt auf meine Veranstaltung in einer Woche. Endlich Suzie wieder zusehen nach so langer Zeit. Sie ist ein absolut toller Mensch," schwärmte Silke.
„Ich freue mich sehr darauf sie kennen zulernen. Du hast schon so oft, soviel von ihr erzählt. Nur schade das Britta nicht dabei ist."
„Naja, sie macht halt keine Countrymusik. Das passt nicht."
„Ist wohl wahr. Wird aber bestimmt trotzdem klasse. Ich denke, dass ihr ein prima Programm zusammengestellt habt"
„Oh ja, darauf kannst du dich verlassen. Hast du dir schon überlegt, was du anziehst?" fragte Silke neugierig.
Marion nickte. „Liegt bereits bei mir zu Hause. Und du?"

„Nein ich hatte noch keine Zeit. Erst steht die Hochzeit morgen an. Ich freue mich so für die beiden und ich bin auch richtig neugierig auf das Kleid meiner Nichte." Ihre Augen leuchteten.
„Und was trägst du?" Neugierig schaute ihre Freundin sie an. Silke nahm ihr Handy zur Hand und zeigte ihr ein Bild.
„Oh wow. Sagenhaft. Ich freue mich jetzt schon auf Fotos, wenn Mara dich geschminkt hat und deine Haare gemacht sind." Sie grinste. „Wenn Frank das Sehen könnte, der wäre bestimmt hin und weg."
„Ach hör auf," erwiderte Silke genervt.
„Ne mal im Ernst, hat er sich wieder gemeldet?"
„Ja gestern erst. Da lagen Pralinen vor meiner Tür und ein Strauß Rosen, blaue dieses Mal."
„Wie schön." Marion lächelte.
„Ich weiß, aber ich frage mich langsam, wie lange er das noch machen will?" antwortete Silke kopfschüttelnd.
„Hm bis du begreifst, was für ein großartiger Mensch er ist," konterte Marion freudestrahlend.
„Marion, bitte" Angenervt sah Silke sie an. „Du kennst ihn doch gar nicht. Und ganz ehrlich, dieser Tag wird nicht kommen."
Stirnrunzelnd nickte ihre Freundin. *Ja ich befürchte es.* Diesen Gedanken behielt sie jedoch für sich.
Eine halbe Stunde später verließen die beiden Frauen ihre Lieblingseisdiele.
Marions Mittagspause war vorbei.
Silke hatte viel zu erledigen und musste zurück an ihre Aufgaben.

12.30 Uhr

Recklinghausen-Süd / Walter & Person X

Nach seiner Spritztour durch Recklinghausen, um den Kopf wieder freizubekommen, parkte Walter seinen Wagen direkt neben dem Haus. Er hatte echt Glück, sonst um diese Uhrzeit, gab es hier nie einen Parkplatz.
Unschlüssig stieg er aus. Zu Ulla? Oh man, Lust hatte er nicht auf sie. Wahrscheinlich jammerte sie immer noch. Das konnte er nicht gebrauchen.
Oder doch lieber auf ein Bier zu Olle? Hm, warum nicht. Er verspürte schon Durst auf ein frischgezapftes Pils.
Der Gedanke behagte ihm und er lief los.
Walters Verfolger wartete kurz, bemerkte, was dieser vorhatte, stieg ins Auto und fuhr los.
Es gab Wichtigeres zu erledigen.

14 Uhr

Noah`s & Zoe`s Marl / Frank

Frank saß beim Essen, er hatte ein Schnitzel Budapest.
Lecker war es, wie stets, wenn er hier aß.
Er beobachtete die Mitarbeiter und Gäste.
Wie immer schweiften seine Gedanken zu Silke. Wie so oft in letzter Zeit.
Er liebte ihre Augen, ihren Duft und ihren Kleidungsstil.
Sie trug zwar für seinen Geschmack zu oft schwarz, aber es stand ihr.
Ob ihr die Blumen gefielen? Und sein Geschenk von heute?
Leicht schüttelte Frank sich. Es gab im Moment, so viel anderes zu erledigen.
Da lenkte Silke ihn nur ab.
Nachdem der Teller abgeräumt war, bestellte er sich einen weiteren Milchkaffee.
Baute seinen Laptop auf und fing konzentriert an zu arbeiten.

15 Uhr

Stadt / bei Silke zu Hause

Silke betrachtete das Päckchen, das vor der Tür gestanden hatte. Noch immer hatte sie es nicht geöffnet. Frank hatte es geschickt. Wer sonst? Sie war ratlos. Öffnen oder nicht. Ihre Neugierde wuchs, aber noch weigerte sich alles in ihr, dieser nachzugeben.
Angespannt schaute sie auf ihren Laptop und versuchte zu arbeiten. Sie schaffte es nicht, sich zu konzentrieren. Genervt stand Silke auf und nahm das Paket in die Hand. Zerschnitt mit einer Schere das Klebeband und hob entschlossen den Deckel.

Neben einem neueren Foto von Frank, lagen Bilder vom Gesangsworkshop in einer kleinen Metalldose.
Gegen ihren Willen freute sie sich, tief im Inneren wurde ihr warm. Gedankenverloren schaute sie Franks Gesicht an. Seine leuchtend blauen Augen strahlten sie an. Faszinierend wie früher.
Ruckartig stand sie auf, ging in ihr Wohnzimmer. Sie sah seine Rosen auf dem Tisch, lächelte kurz und packte das Bild in das alte Fotoalbum zu seinen anderen.

17 Uhr

Calabrese Karina & Jochen

Wieder saßen sie in der Eisdiele. Sie führten ihr Gespräch bei einem leckeren Eis weiter.
Karina hatte ihre Angestellte gebeten, den Laden später abzuschließen. „Hör zu Jochen. Ich bin so froh, dass wir uns getroffen haben. Stell dir mal vor du, wärst nicht mit zur Selbsthilfegruppe gekommen. Dann hätten wir uns nicht kennengelernt.“
„Ja, das wäre wirklich schade, wo wir uns so ergänzen. Du bist mir echt wichtig geworden.“ Die Freunde lächelten sich an. „Wo wir beide doch in die gleiche Richtung denken.“ Sie vertieften sich in ihre Unterhaltung. Ihr gemeinsamer Plan nahm Formen an.

18 Uhr

Cubar Silke & Marion

Die Frauen ließen sich von Chris jeweils einen alkoholfreien Cocktail bringen. „Sag mir, was hast du auf dem Herzen Marion?“ fragte Silke ihre Freundin.
„Ich habe gestern wieder Jochen und Karina getroffen, in einem Gespräch vertieft. Eigentlich wollte ich dir das nicht erzählen, du hast genug eigene Sorgen. Aber es lässt mir einfach keine Ruhe.“ Sie wirkte nervös.
„Ach schon gut, wofür sind Freunde sonst da. Also sag, was hast du gemacht?“ antwortete Silke ruhig.
„Nun ich bin zu ihnen und habe sie begrüßt. Sie baten mich, mich zu ihnen zu setzen. Aber mein Gefühl sagt mir, das die irgendwas aushecken.“
Silke lächelte. „Hm vielleicht haben sie sich auch ineinander verliebt oder sind einfach nur Freunde. Du kennst doch dein Problem, immer mehr in etwas zu sehen als da wirklich ist.“ Kurz stockte sie. „Wo wir dabei sind. Sieh mal diese Karte war heute bei den Blumen, ach und Pralinen gab es auch wieder.“
„Oh wie romantisch. Du hast wirklich Glück,“ freute sich Marion. Silke verzog das Gesicht. „Ja ich weiß, du willst das nicht so sehen, aber ich finde es echt großartig.“ Marion lächelte. Schwärmerisch sah sie ihre Freundin an: „So ein toller Mann.“
Diese schüttelte den Kopf. „Ich glaube, es wird Zeit das du mal wieder ein richtiges Date hast. Du wirst langsam echt anstrengend.“ Lachend trank Silke ihr Glas leer und bestellte Zwei neue. Gegen 22 Uhr fuhren sie nach Hause.

22,30 Uhr

Suderwich / Person X

Die Terrassentür stand leicht offen. So was nannte man Glück und gleichzeitig zeugte das von großer Unvernunft des Bewohners der Wohnung.
Die Person zog ihre Schuhe aus, schlich in die unordentliche kleine Küche und sah sich vorsichtig um. Auf dem Tisch lagen Zigaretten. Nein die waren nicht zu gebrauchen.
In der kleinen lila Handtasche, die über einen Stuhl hing, steckte ebenfalls eine Schachtel. Glück gehabt.
Zufrieden packte die Gestalt diese zurück und verließ die Wohnung. Zog die Schuhe an und lief zum Auto.

Tag 8

Samstag

10 Uhr

Hochzeit Silkes Nichte

Nach dem Standesamt am Vortag im engsten Familienkreis, standen Nadine und Sebastian Tolko gemeinsam im Garten ihrer Location.
Die Traurednerin begleitete die freie Trauung. Frank fotografierte. Britta sang zwei Wunschlieder des Paares.
Es war eine romantische Stimmung. Sie schworen sich ihre Liebe und wechselten die Ringe. Die Gäste waren gerührt, vom Kuss, der alles besiegelte.
Ein weiteres Lied.
Sie begaben sich in den traumhaft hergerichteten Raum.
Es folgten Ansprachen der Trauzeugen.
Der Brautvater richtete das Wort an das Brautpaar.

Walter betrat selbstbewusst den Saal. Vom Weiten sah er seine Ex-Frau und seine Kinder.

Sven, der Brautvater bemerkte ihn direkt. Er brach seine Rede ab und eilte zu seinem Schwiegersohn. Zusammen liefen sie zu ihm.
„Hallo Vater. Was willst du hier?“ fragte Sven verwirrt.

„Was für eine Frage. Meine Enkeltochter hat geheiratet." Arrogant lächelte Walter.
„Ja das stimmt. Aber du bist nicht eingeladen, wenn ich mich nicht täusche."
„Und Sven, willst du es mir verbieten?" Provozierend sah er seinen Sohn an.
„Nicht nur er." Sebastian sah Walter verachtend an. „Weder meine Frau noch ich, wünschen Sie hier zu sehen. Sie haben ihrer Familie so viel angetan. Das wäre eine Zumutung."
„Wer bist du, dass du so mit mir redest, du Knilch ..." wütend sah Walter den Bräutigam an.
„Vater es reicht. Keiner will dich hier haben, wie du siehst. Also geh wieder." Auffordernd sah Sven ihn an.
„Das ist eine Frechheit." Zornig drehte er sich um und verließ den Saal.
Alle atmeten erleichtert auf.

Wutentbrannt rannte Walter zu seinem Auto. Warf unterwegs das Geschenk in einem Mülleimer. Einige Passanten schauten ihm verwundert nach.
„Das zahlen die mir heim," schrie er laut und stieg in seinen Wagen. Rücksichtslos fuhr er los.

Sven richtete das Wort an die Familie und Gäste, er erklärte kurz die Situation. Anschließend vollendete er seine Rede an das Brautpaar.
Nadine und Sebastian übernahmen das Wort. Sie bedankten sich bei den Gästen, für ihr erscheinen. Und bei allen Helfern. Zuletzt bei Rene und seiner Küchencrew für das großartige Buffet, das unter der Leitung des jungen

Chefkochs geplant und entstanden war. Die Eröffnung dessen, hellte die Stimmung endgültig auf.

12 Uhr

Suderwich / Sonja

Die zierliche Frau mittleren Alters war im Begriff die Straße zu überqueren. Ein großer schwerer Wagen überfuhr den Zebrastreifen.
„Du Arsch ...“ zitternd fluchte sie einige Sekunden. Angstschweiß lief ihr die Stirn runter. Dieses verächtliche Grinsen des Fahrers und seine kalten, blauen Augen. Sie schüttelte sich. Das war echt knapp.
Nervös durchsuchte sie die kleine lila Tasche nach den Zigaretten. Endlich. Sie holte die Schachtel, steckte sich eine an und nahm einen tiefen Zug. Langsam wurde sie ruhiger.
Verwundert zog sie etwas unter der Folie hervor.
Sie wurde blass und ließ die Karte fallen. Panisch hob sie diese auf und las still:

Sonja!

Deine letzte Woche beginnt ...

... jetzt!

Angst kroch in ihr hoch. Ihre Kehle schnürte zu. Sie warf die Kippe weg, steckte automatisch die Karte ein und rannte zerstreut über die Straße.

Weder das Hupen der Autos, noch das Geschrei der Fahrer drang zu ihr durch. Sie nahm ihre Umgebung nicht mehr wahr.
Wie im Nebel gefangen lief die Frau nach Hause und sperrte die Tür hinter sich ab.
Erschöpft setzte sie sich, verwirrt und verschwitzt, an den kleinen Küchentisch. Nahm sich ein Taschentuch und wischte sich den Schweiß vom Gesicht. Sie schaute ungläubig auf den bunten Lappen in ihrer Hand. „Was …“
Langsam kam sie zu sich. Ach, klar Schminke, wie blöd von mir. Ich sehe bestimmt wie ein Clown aus. Wohl zum ersten Mal in ihrem Leben war es der überaus eitlen Frau egal. Weiterhin panisch steckte sich Sonja eine Zigarette an und nahm hastig ein paar Züge.
Fragen kreisten durch ihren Kopf.
Was zum Teufel ist das? Wer hat ernsthaft etwas gegen mich? Wie kommt derjenige an meine Zigaretten? Warum das alles? Was mach ich nur?
Kopfschüttelnd drückte sie die fast verqualmte Kippe aus. Erneut griff sie in die Schachtel.
Rauchend nahm Sonja die Karte zur Hand, betrachtete sie von beiden Seiten. Von der Größe her eine Visitenkarte. Schwarz mit roter Schrift.
Unheimlich. Es erinnerte an Blut.
Sofort war der Geruch in ihrer Nase, sie kämpfte mit Übelkeit.
Angewidert warf sie ihre Zigarette in den lila Aschenbecher. Sie schüttelte sich, holte tief Luft und fing hemmungslos zu weinen an.

12.30 Uhr

Recklinghausen-Süd / Walter

Walter kam wütend nach Hause. Nicht nur der Rauswurf bei der Feier wurmte ihn. Nein, er hatte sein Portemonnaie vergessen. Er klingelte Sturm. Ulla öffnete ihm. Er rannte japsend die Treppe hoch und schubste seine Lebensgefährtin leicht zur Seite. „Komm mach Platz, du stehst im Weg.“ Rücksichtslos wie eh und je.
„Hey, was ist los mit dir?“ fragte Ulla verwirrt.
„Na was schon? Blöde Frage. Meine verfluchte Familie. Rausgeschmissen haben die mich.“ Empört sah er Ulla an.
„Walter ich habe ...“
Sein Blick sprach Bände. „Sei lieber still, wenn du dir keine fangen willst.“
Eingeschüchtert verstummte sie. Der Mann nahm seine Geldbörse und lief grinsend an ihr vorbei. „Ich weiß nicht, wann ich wieder zurück bin. Sorg dafür, das Essen fertig ist, wenn ich komme. Kannst du mir dann warm machen.“ Fordernd sah er sie an, „Und guck nach ob noch Bier da ist, sonst hol welches.“ Ohne auf ihre Antwort zu warten, verschwand er. Ulla schloss erleichtert die Tür.

16 Uhr

Suderwich / bei Sonja zu Hause

Sonja versuchte, mit ihrem Sohn zu reden. Er schüttelte den Kopf. „Ich habe keine Zeit, das muss warten. Lenk dich ab. Vielleicht mal mit aufräumen." Unwillig sah er sich in dem Wohnzimmer um.
„Du könntest mir helfen und dabei erzähle ich dir alles," bat sie ihn.
„Nein ich muss los. Und wenn du dich genau umschaust, wirst du bemerken, dass ich alle meine Aufgaben erledigt habe."
„Aber es ist wirklich wichtig ... ich habe etwas bekommen," sie zeigte auf die die schwarze Karte in der kleinen Schüssel. Stumm sah er sie an. Jan bemerkte die Nervosität seiner Mutter. Es war ihm egal in diesem Augenblick. Zu oft hatte sie ihn im Stich gelassen, wenn er ihre Hilfe gebraucht hatte. Und dann ihre Art, mit Menschen umzuspringen. Er hasste es. Sie war so egoistisch, dachte nie über die Konsequenzen ihres Handels nach.
Tief im Herzen liebte er sie, nur zurzeit war er total sauer. Er verzieh ihr nicht, dass sie seinen besten Freund verführt hatte. Klar gehörten dazu zwei. Aber er hatte selbst mitbekommen, wie seine Mutter ihn anbaggerte. Er ekelte sich in diesen Momenten vor ihr. Wie stand er jetzt vor seinen Kollegen da. Nein das ging gar nicht.

Erneut angepisst verließ der schlanke, junge Mann die Wohnung, ohne ein weiteres Wort mit ihr gesprochen zu haben.
Sonja sah ihm nach, ängstlich und nicht verstehend, dass ihr Sohn so gefühlskalt handelte.

20 Uhr

Recklinghausen-Süd Kneipe / Walter

Walter saß seit Stunden in seiner neuen Stammkneipe. Hier bekam er Zuspruch von seinen Saufkumpeln. Sie verstanden ihn, hatten selbst oft Probleme mit ihren Familien.
Nur Olle schüttelte zwischendurch unbemerkt den Kopf. Er glaubte manches Mal kaum, was er hier zu hören bekam. Aber als Wirt war er natürlich Ansprechpartner und Seelsorger und zeigte Verständnis für alles und jeden. Die Rolle beherrschte der Mann perfekt. Er bereitete die bestellte Runde Bier und Korn zu und gab seinen Gästen diese.
Walter hatte sich etwas beruhigt. Die Gespräche und der Alkohol waren seine Medizin gegen die Ungerechtigkeit, mit der man ihm begegnete. Er war im Recht, nicht er hatte Schuld, auch wenn Ulla das anders sah. Ihre Meinung war ihm egal. Frauen, die waren nicht zum Denken da, sondern für Küche, Kinder und Sex. Zufrieden lächelnd folgte er wieder den Gesprächen. Lust auf zu Hause, hatte er nicht.

23.50

Stadt / bei Silke zu Hause

Silke zog sich um. Begeistert klang der Tag in ihr nach. Die Feier war im vollen Gange. Sie war müde und hatte sich deshalb verabschiedet. Leon fuhr sie schnell heim.
Er war ein wahnsinnig toller Typ, das hatten seine Eltern prima hinbekommen. Sie freute sich für ihre Tochter, nicht nur dass er so gutaussehend war wie sein Vater, dunkelblond und blauen Augen, tief wie das Meer, sondern dazu ein lieber, sympathischer Kerl, auf dem stets Verlass war.
Sie lächelte kurz bei dem Gedanken an seinen Vater. Frank, ja er war ein Traummann, laut Marion. Aber die Vergangenheit kam ihr in den Kopf und das Lächeln verschwand. Hör auf, ermahnte sie sich. Geh lieber schlafen.

Tag 9

Sonntag

11 Uhr

Marl / bei Frank zu Hause

Er saß übermüdet in seiner „Dunkelkammer".
Es war nur ein kleiner Raum, in dem er seine Fotos bearbeitete. Digital.
Zwar besaß er alte Kameras, aber eher aus sentimentalen Gründen, wie aus praktischen.
Nur selten, zu besonderen Anlässen und bei Wunsch, kamen diese zum Einsatz.
Die Bilder von der Hochzeit waren fertig. Er hatte die Nacht durchgearbeitet. Zuerst war er verwundert über diesen Job gewesen.
Silkes Nichte.
Aber Mara hatte sich darum gekümmert.
Die Feier war wundervoll, bis auf den Zwischenfall mit Walter Tolko. Das hatte der Stimmung jedoch glücklicherweise nur kurzfristig geschadet.
Silke hatte ihm gefallen. Wie immer. An diesem Tag wirkte sie fast ausschließlich gelöst. Frank liebte es, wenn sie lachte. Oft war sie zu ernst. In ihrem roten Kleid sah sie umwerfend aus. Zu gern hätte er mit ihr getanzt und sie in seinen Armen gehalten.

Er betrachtete ihre Fotos vom Gesangsworkshop. Sie war supergelaunt und konzentriert, zufrieden. Zwischendurch angespannt, angstvoll und genervt. So viele Facetten.
Er war verrückt nach dieser Frau.
Frank gähnte und beschloss sich, für drei Stunden aufs Ohr zu legen. Schnell betrat er sein Schlafzimmer, stellte seinen Wecker und machte es sich bequem.

15 Uhr

Calabrese / Silke, Marion & Jochen

Die drei Freunde saßen im Eiscafé. Sie beobachteten die Leute und aßen lecker Eis.
Silke berichtete von der Hochzeit und vom Zusammentreffen mit ihrem Erzeuger.
„Da ist der echt so von sich eingenommen, dass er ohne Einladung erscheint. Klar sie ist seine Enkeltochter, aber sie haben keinen Kontakt. Frag mich, was das sollte."
„Du kennst ihn besser, Du sagtest mal, dass er sich für den Größten hält," erwiderte Marion
„Ja du hast recht, Marion." Silke nickte.
„Und was habt ihr gemacht?" Erwartungsvoll sah Jochen die Freundin an.
„Sven und Sebastian haben ihn höflich, aber unmissverständlich aufgefordert die Feier zu verlassen."
„Und er ist direkt gegangen?" Ungläubig blickte er sie an.
„Laut schimpfend und stinksauer. Aber ja."
Marion hob den Daumen.
„Ok und sonst? Wie war es?" fragte sie.
„Wunderschön!"
Silke erzählte ausführlich vom Nadine, die ein Prinzessinenkleid getragen hatte.
„Glänzend, lang, mit viel Glitzer und einen tollen Schleier." Sie lächelte verträumt. „Die Musik teilten sich Britta und ein klasse DJ. Es war super. Die gesamte Feier war fantastisch."

Die Freunde hatten das Gefühl, bei der Hochzeit dabei gewesen zu sein.
„Wisst ihr, es war, bis auf den kurzen Zwischenfall, ein absolut gelungener Tag. Schade, dass ich so früh nicht mehr konnte. Ein Tribut der letzten Tage“
Marion drückte sie kurz. „Ich hoffe ihr habt reichlich Fotos gemacht. Ich bin ja so gespannt.“ Silke zuckte die Schultern. „Frank war da. Ich glaube ich muss mal ein ernstes Wort mit Mara sprechen. Sie weiß das ich ihn nicht sehen möchte, wenn es vermeidbar ist.“
„Ja, aber ich habe gehört, das er einer der Besten hier im Kreis ist,“ Marion grinste.
„Ja das stimmt, trotzdem ...“ unwillig schüttelte sie den Kopf. Jochen lächelte die Freundin aufmunternd an. „Für die Familie stets das Beste.“
Gegen 17.00 bezahlten die drei, liefen zum Bahnhof und verabschiedeten sich.

17.15 Uhr

Cubar / Lars & Person X

Die drei Männer liefen zielstrebig Richtung Kino. Vor der Cocktailbar blieben sie stehen und schauten sich um. Sie entschieden sich für einem Tisch nahe dem Eingang. Lars hängte seine Jacke über den Stuhl. Der Kellner kam und sie bestellten.

Die Person folgte ihnen, setzte sich an einen Nachbartisch und ließ sich einen Kaffee bringen.

Lars saß mit seinen zwei besten Freunden wie meistens, im Außenbereich der Cocktailbar und genoss sein großes Pils. Sie redeten über die Ereignisse der letzten Tage. Lutz sprach ihn auf die Trennung von Stefanie an.

Lars erzählte von den Bildern und vom Streit.

Die Karte ließ er aus, da sie seiner Meinung nach nur von seiner Frau kam. Steffi hatte genug schwarze Pappe im Haus für die Trauerkarten, die sie herstellte und verkaufte.

Sie bestellten jeder ein weiteres Bier. Die Person noch einen Kaffee. Chris der Kellner brachte die gewünschten Getränke.

Die Freunde redeten und redeten. Keiner beachtete die Gestalt, die sich neben ihrem Tisch die Schuhe zuband und kurz in der Cubar verschwand.

Langsam wurde es kühler. Die Männer beschlossen den Nachmittag zu beenden. Sie bezahlten.

Lars zog seine Jacke an. Er griff unbewusst in die Tasche, ertastete etwas und seine Hand fuhr hervor. Er schluckte leicht. Verwirrt starrte er auf die schwarze Karte.

Seine Freunde sahen ihn aufmerksam an.

„Was hast du da?“ Stumm reichte er Paul diese. Der las sie laut vor.

„Halbzeit!

Weißt du warum?“

„Was hat das zu bedeuten?“ Lutz sah ihn verwundert und äußerst irritiert an.
„Ehrlich Jungs, ich habe keine Ahnung. Bei Stefanies Auszug lag die erste Karte auf dem Tisch. Ich war überzeugt, die sei von ihr,“ sagte Lars verwirrt.
„Was stand da drauf?“ Paul sah ihn erwartungsvoll an.
„Hm ... lass mich nachdenken. Ach ja, jetzt habe ich es.

Lars!

Deine letzte Woche beginnt ...

... jetzt!“

„Du musst zur Polizei. Hast du die Karte mit?“ Lutz sah ihn an.
„Nein, die liegt im Wohnzimmer, irgendwo auf dem Tisch. Hatte noch keine Zeit aufzuräumen.“
Er lachte etwas zu laut. „Jungs fahrt runter. Irgendein Idiot macht sich einen Scherz mit mir. Sonst nichts.“
Paul schüttelte den Kopf. „Sei nicht so unvernünftig. Das könnte echt gefährlich werden.“
Sie verließen die Cubar. Gemeinsam liefen sie Richtung Stadt, keiner hatte sein Auto dabei.

„Nimm das bitte nicht auf die leichte Schulter.“ Lutz sah ihn eindringlich an. „Versprich mir das.“
Lars nickte kurz. Die Freunde verabschiedeten sich.

Die Person bezahlte ihren Kaffee, war zufrieden mit dem, Nachmittag, stieg in den Wagen, setzte die Brille auf und fuhr los.

21 Uhr

Wohnung X

Hungrig aß die Person den Mikrowellen Auflauf. Nicht das Beste, aber für ein Fertiggericht okay.
Vorher gab es keine Gelegenheit. Es war ein langer Tag.
Nach dem Essen wurde alles in einen Müllbeutel gepackt.

Spannung lag in der Luft.
Klappte morgen alles wie geplant? Es war perfekt vorbereitet, aber es gab eine Unsicherheit.
Die Reaktion der Passanten.
Achselzuckend löschte die Person das Licht und nahm die Mülltüte.
Zog draußen die Schutzkleidung aus und verteilte die Sachen auf dem Weg zum Auto in verschiedene Mülleimer.
Jetzt hieß es abwarten, das Beste hoffen, und sich auf morgen einstellen.

Tag 10

Montag

11 Uhr

König-Ludwig / Martin

Martin verließ mit einem gefüllten, alten Rucksack seine Wohnung. Es zog ihn wie immer zur Platte, dort war er gerne. Die Menschen waren im Großen und Ganzen nett, manche etwas verrückt, aber das war nicht schlimm. Es gefiel ihm, seine Kollegen zu treffen und zu quatschen. Es war besser, wie acht Stunden zu malochen. Wozu auch. Arbeit war noch nie seins.
Zuvor schaute er in den Briefkasten. Rechnungen, Werbung und eine kleine schwarze Karte. Er sah sich diese an.

„Martin!

Deine letzte Woche beginnt ...

... jetzt“

Laut lachend zerriss er die Briefe und warf alles ins Altpapier. Was für ein Schwachsinn.

Er war allein. Tina lag heulend in der Wohnung. Sie hatte ihn genervt. Deshalb hatte er ihr deutlich gesagt und gezeigt, dass sie heute besser zu Hause blieb. An manchen Tagen bettelte sie regelrecht nach ein paar Schlägen. So begriff sie, wer von ihnen das Sagen hatte.
Der herunter gekommene Mann fuhr mit dem SB 20er Richtung Stadt. Der war wie fast immer in letzter Zeit brechend voll. Fürchterlich.
Zu Martins Unwillen standen zwei Kontrolleure der Vestischen im Bus. Er war wie stets ohne Ticket und erhielt einen Zahlschein.
Missmutig stieg er am Bahnhof aus. Warf den Schein in den Müll und setzte sich zu den Anderen.
Er holte sich eine Flasche Bier aus seinem Rucksack, öffnete diese und nahm einen großen Schluck. Sein Lebenselixier.
Wütend erzählte er von Tina und der Busfahrt. Beim Erzählen kam sein Humor langsam zurück. Tom sein Saufkumpan, riss einen Witz nach dem anderen. Das half ungemein.
Das Bier tat sein Übriges.

Niemand bemerkte die Gestalt, die gegenüber der Recklinghäuser Platte, auf der Bank saß, Martin beobachtete, und mit dem Handy Fotos schoss.
Zu oft saß dort jemand. Das war Alltag.
Knapp dreißig Minuten später verließ die Person ihren Beobachtungsposten und lief Richtung Rathaus / Erlbruchpark.
Dort stieg sie in einen schweren schwarzen Wagen und fuhr los Richtung Hochlarmark.

12.50 Uhr

Werkstatt Hochlarmark / Lars

Auf der Arbeit lief es nicht glatt für Lars. Er kam zu spät, keine Stefanie, die ihn weckte. Er war unkonzentriert, ihm passierten unnötige und gefährliche Fehler, die zum Glück für ihn, rechtzeitig bemerkt worden waren. Es war nicht seine Woche. Das Fass zum Überlaufen brachte der Streit, den er mit seinem Arbeitskollegen anfing.
Sein Chef Herbert Borgen rief ihn ungeduldig in sein Büro.
„Hör zu Lars. Ich beobachte dich seit sechs Tagen. Deine Frau hat sich von dir getrennt, ok. Das erklärt vieles, aber auf keinen Fall alles. Du bist nicht mehr wieder zu erkennen. Wenn es dir nicht möglich ist, deinen Job ordentlich zu machen, musst du Urlaub nehmen. Zur Not auch unbezahlten."
„Chef ich kriege das hin. Wirklich." Schockiert sah er diesen an.
„Nein, du bist nicht bei der Sache. Und jetzt auch noch der Streit mit Max. Das geht nicht. Das komplette Betriebsklima leidet da drunter."
Kopfschüttelnd starrte er Lars an. „Regel deine Angelegenheiten und komm erst wieder arbeiten, wenn du zu 100 Prozent fit und bereit bist."
„Herbert, bitte ..."
„Nein. Vor Ende nächster Woche will ich dich hier nicht sehen. Ist das klar?" Lars nickte nur.
Wutentbrannt holte er seine Sachen, rannte zum Parkplatz und setzte sich genervt in sein Auto. Er atmete einige Male tief durch, ließ den Motor seines modernen Wagens an und fuhr vom Werkstatthof.

Die Person hatte gerade noch lächelnd mitbekommen, wie Lars sauer das Gelände verließ.
Alles lief wie geplant.
Sie fuhr zufrieden weiter und hoffte, dass auch der Abend den gewünschten Erfolg brachte.

15 Uhr

Recklinghausen-Süd / Walter

Walter lief Richtung Stadt. Eine Person kam ihm entgegen, die nur auf ihr Handy starrte. Er versuchte auszuweichen. Zu spät. Sie traf ihn an der rechten Seite, hatte die Hand an seiner Jeans und rannte dann weiter ohne ein Wort. Walter griff panisch nach seinem Portemonnaie. Alles gut. Erleichtert atmete er auf und führte seinen Weg fort.

Zufrieden eilte die Person, in ihren dunklen Klamotten zu dem Wagen, setzte sich rein und beobachtete das Wirtshaus von Oliver Preusen, kurz Olle genannt.

17 Uhr

Stadt / Frank

Frank war in Recklinghausen. Klaus hatte ihn zu sich gebeten. Ebenso Silke. Die beiden Männer wollten mit ihr etwas wegen der bevorstehenden Veranstaltung besprechen. Leider hatte sie sich entschuldigt, nachdem sie erfuhr, dass er kommen würde.
Wütend und verletzt sagte der Mann seinem Freund am Handy ab. Ihm war heute nicht mehr nach Reden zu Mute. Ziellos fuhr er durch die Stadt.

19 Uhr

Recklinghausen-Süd Kneipe / Walter

Nachdem er sich am Vortag, bei Olle beschwert hatte, saß er seit dem Nachmittag erneut am Tresen der kleinen Eckkneipe. Wieder regte er sich über seine Familie auf. Die Hochzeit ließ ihn nicht los.
Der muskulöse Wirt versuchte, den Mann zu beruhigen. Er stellte ihm ein neues Bier hin. „Hier trink, das geht aufs Haus." Walter hob das Glas und trank einen großen Schluck.
„Mir reicht es für heute. Scheiss Woche." Langsam zog er seine Geldbörse aus der schwarzen Jeans. Dabei fiel eine Karte zu Boden. Genervt bückte sich der Mann und hob sie auf.

Todestag:

Für jeden einzelnen Schmerz,

den du anderen zugefügt hast,

bekommst du das Doppelte zurück!

Entsetzt sah Olle den Älteren an.
„Was ist das Walter?"

„Ach ich weiß es echt nicht. Das ist bereits die Dritte. Immer irgendein dummer Spruch. Ich gebe da nichts drauf."
Angewidert packte er die Karte in seine Hemdtasche.
Der Wirt war besorgt um seinen Stammgast. „Du solltest die Sache ernst nehmen. Geh zur Polizei."
„Ach quatsch. Irgendein Spinner will mich verrückt machen. Aber das funktioniert nicht," antwortete Walter genervt.

Langsam nahm er einen Geldschein aus dem Portemonnaie, bezahlte und steckte das restliche Geld ein. Mit einer weiteren Warnung des Wirtes verließ er die Kneipe.

Warme Luft strömte ihm entgegen. Es war mittlerweile kurz vor zwanzig Uhr. Ein spätsommerlicher Abend.
Walter lief die Bochumer Straße entlang.
Ein kleiner kurzer Schmerz durchfuhr ihn. „Was zum Teufel ..." fluchend griff er sich an den Rücken, um herauszufinden, was ihn gestochen hatte.
Ihm wurde schwindelig, er taumelte.
Übelkeit stieg in ihm auf.
Nebel im Kopf.
Ganz langsam sackte er in sich zusammen.
Die Menschen, die unterwegs waren, sahen kurz hin.
Waren sicher, dass der Mann zu tief ins Glas geschaut hatte und schlenderten gleichgültig vorbei.

Eine einzige Person kümmerte sich um ihn.

20.30 Uhr Wohnung X

Walter kam frierend zu sich und schaute hoch.
Eine dunkelgekleidete Person stand neben ihm. Diese trug etwas Durchsichtiges über den Klamotten. Er sah in blaue Augen.
Erkennen und Unsicherheit wechselten sich ab.
„Wer bist du? Du kommst mir bekannt vor. Was willst du von mir?“ fragte er verwirrt.
„Hast du die Karten vergessen? Die haben dir gesagt, was passiert,“ erwiderte die Person.
„Aber ...“ Angst flackerte in seinen Augen auf.
Die Gestalt schüttelte den Kopf. Kalt klang die Stimme durch den Raum. „Hör zu Walter. Du hast viel Schaden angerichtet. Heute bezahlst du.“
„Nein bitte ...“ hektisch bewegte er sich hin und her. Es half nichts.
Bevor Walter die Chance hatte zu reagieren, wurde etwas in seinen Mund gestopft und dieser verklebt. Er wurde auf den Bauch gedreht.
Verzweifelt wartete der Mann, auf das Unvermeidliche. Nichts geschah. Die Zeit schien still zu stehen. Sein Atem wurde ruhiger. Kurz nur.
Der erste Schlag auf den nackten Oberkörper trieb ihn die Tränen in die Augen. Er schrie, kein Laut war zu hören. Wie Schüsse prasselten die Hiebe auf ihn ein. Er drückte seinen Kopf tief auf die Liege, bekam kaum Luft. Biss fest auf dem Knebel in seinem Mund. Schlag um Schlag fühlte er das Reißen seiner Haut, der Rücken schmerzte.
Dann war es vorbei. Ein schwarzer Gürtel baumelte ihm vors Gesicht. „Na kennst du den? So einem hast du auch

stets benutzt, bei deinen Kindern und deinen Frauen.“ Ein verachtender Blick traf dem Mann auf der Liege.
Ruhe kehrte ein. Die Person eilte zur Tür.
Er hörte ein Quietschen und Schritte, kaum hörbar, kamen näher.
Walter bemerkte die Schärfe, ehe er die Schüssel mit dem roten Pulver vor sich stehen sah. Es schmerzte in seinen Augen und in seiner Nase. Verstört sah er, wie die Gestalt ihre Hände eintauchte.
Die Finger drückten sich tief in die Haut, jede Wunde wurde intensiv bearbeitet und das Pulver verrieben. Walter bäumte sich auf. Kein Schlag vorher war so heftig, wie das, was er jetzt spürte. Sein Körper brannte wie Feuer. Tränen liefen dem Mann übers Gesicht.
Das Brennen schwächte etwas ab. Er bekam eine kurze Pause zum Luftholen. Die Schüssel wurde aufgefüllt. Erneut fühlte er die Finger auf seiner Haut. Er verlor sein Zeitgefühl, Stunden schienen zu vergehen.
Die Person hörte auf. Nichts passierte, nur das Atmen war zu hören. Langsam, ganz langsam ließ der Schmerz nach. Er atmete auf. Seine Hoffnung, es überstanden zu haben, schwand innerhalb von Sekunden.
Die Schläge, die folgten zerrissen seine geschundene Haut weiter in Fetzen. Für ganz kurze Zeit verlor Walter das Bewusstsein. Er kam zu sich, war jedoch kaum bei Sinnen. Wieder kam dieser wahnsinnig intensive Schmerz. Stärker wie beim ersten Mal. Sein ganzer Körper zitterte vor Qual, Angst und Verzweiflung.

Die Wirkung des Brennens ließ endlich nach. Euphorisch lachte er in sich rein. Das erneute Quietschen der Tür

freute ihn. Zu Recht? Tief im Inneren war ihm klar, dass es keine Hoffnung für ihn gab.
Laute Schritte hallten durch den Raum. Schon wurde er gepackt und hart auf den Rücken gedreht. Er stöhnte auf, seine geschundene Haut berührte die Liege, ein wahnsinniger Schmerz zog durch seinen Körper. Er schaute nach vorne und sah die Uhr. 22.30. Oh man. Der Blick glitt stirnrunzelnd zu der Person und erkennen blitzte auf.
„Na Walter, jetzt weißt du, woher du mich kennst. Prima! Dann wird dir bewusst sein, warum das alles geschieht. Deine Art Menschen zu behandeln, wird ein Ende haben. Ich habe dich beobachtet. Dein Verhalten hat sich nicht verändert."
Voller Furcht schluckte der Mann, wartete auf das, was unweigerlich folgen würde.
Sein Gegenüber eilte kurz zu dem kleinen Tisch. Holte einen Schlauch und einen großen Kanister.
Walter bekam ein Geschirr um Kopf und Hals und wurde an der Liege festgeschnallt. Bewegung war unmöglich.
Mit einem Ruck riss die Person das Panzertape vom Mund und entfernte den Knebel. Ein lauter Schrei folgte. Walter schrie und schrie. Kaltes Lachen erklang. „Walter. Niemand hört dich. Nur die Mauern und ich." Der Mann verstummte verängstigt.
Der schmale Schlauch wurde in seinen Mund geschoben. Er versuchte, diesen mit der Zunge wegzudrücken. Ohne Erfolg. Eine Flüssigkeit wurde zugeführt.
Walter hustete, verschluckte sich und erbrach leicht. Kurz hörte es auf.
„Dein Ende ist nah. Eine große Erlösung für viele Menschen die du kennst," sagte die Person zufrieden.

Mit weitaufgerissenen, bettelnden Augen sah Walter auf.
Es half nicht.
Erneut wurde die Flüssigkeit eingeflößt. Wieder erbrach er sich, röchelte und lief blau an.
Sein Leben zog an ihm vorbei. Er hörte ein Quietschen.
In seiner letzten Minute war er allein.

Tag 11

Dienstag

6.30 Uhr

KSR / Walter

Vor dem Tor der Mülldeponie saß eine männliche Leiche. Sie trug ein weißes Unterhemd, Jeans und einen schwarzen Lederhut.
Um dem Hals ein Schild. Die Aufschrift in Rot.

Müll zu Müll!

Zwei Mitarbeiter fanden den Mann.
Geschockt und verstört rief einer von ihnen die Polizei.
Drei weitere Menschen kamen und starrten entsetzt auf die blasse Leiche.
Knapp zehn Minuten später herrschte reges Treiben vorm KSR.
Polizisten sperrten eilig den Fundort ab. Sie stellten sich mit einem weißen Tuch so vor das Opfer, das die mittlerweile eingetroffene Presse keine Fotos schießen konnte.
Die Mitarbeiter standen unter Schock, wurden mit zwei Rettungswagen ins Krankenhaus gefahren.
Der Tote wurde zur Pathologie gebracht. Die Spuren wurden gesichert.
Die Ermittlungen begannen ...

11 Uhr

Hillen / bei Lars zu Hause

Er war empört und sauer über die Reaktion seines Chefs. Wegen der paar Fehler. Verständnis hätte er erwartet, aber keine Suspendierung. Dieser Arsch, was der sich einbildete.
Nun, er würde das Beste aus dieser scheiß Situation rausholen. Heute plante er eine Spritztour zum Halterner See. Nicki treffen. Die Süße von den Fotos.
Sein Auto stand vor dem Haus. Er bemerkte es sofort und schluckte heftig.
In dicken schwarzen Buchstaben schrie ihm ein Satz lautlos entgegen:

Jeder dieser Striche steht für ein unschuldiges junges Mädchen, dass du verletzt und ausgenutzt hast.

Ordentlich in drei Reihen zierten unzählige weiße Striche die Motorhaube.

Wütend lief Lars ins Haus und holte sich Reinigungsmittel.
Er versuchte Scheibe und Haube zu säubern.
Sinnlos. Die Farbe ließ sich nicht entfernen.
„Was zum ...“ Laut fluchend fuhr er den Wagen vorsichtig in die Garage.
Suchte im Telefonbuch eine fremde Werkstatt außerhalb von Recklinghausen und rief dort direkt an.
Er bat um einen raschen Termin.

11.30 Uhr

Radio Vest

Der Moderator berichtete vom Fund einer männlichen Leiche. Die Nachricht war spärlich. Es wurde kurz darüber gesprochen, dass diese am KSR gefunden worden war. Die fünf Mitarbeiter, die vor Ort waren, würden psychologisch betreut. Näheres konnte noch nicht gesagt werden. Die Mülldeponie blieb heute geschlossen.

Musik erklang …

12 Uhr

Suderwich / Sonja

Sie hatte sich wieder gefangen. Die letzten drei Tage war sie in Gedanken die Menschen durchgegangen, die sie kannte. Keiner hasste sie ernsthaft.
Ja da gab es ihren Ex-Mann Klaus. Ihre ehemalige Freundin Silke. Doch das war alles so lange her. Nein die beiden nicht.
Jan? Auf keinem Fall. Klar, ihr Sohn war nicht so gut auf sie zu sprechen. Aber er würde sie niemals bewusst ängstigen.
Und sonst gab es niemanden. Feinde? Woher?
Sonja war unglaublich von sich eingenommen. Sie wurde gemocht. Da war sie sich sicher.
Und ein Fremder, der sie bedrohte, lachhaft.
Irgendwer scherzte böse mit ihr, und war unverschämt gemein.
Das war die Erklärung für Sonja. Dieser Gedanke half ihr sehr.

Heute war Sonnenstudiotag. Wie jeden Dienstag. Pünktlich 12.15 Uhr. Sie liebte diese Regelmäßigkeit. Sonnenbaden, das Gefühl von Frische und Kraft stärkte sie. Sie bestand stets auf die gleiche Bank, diese war heute defekt. Missmutig ließ sie sich von Nora die einzige freie Kabine zuweisen.
„Sowas unfähiges," murmelte Sonja mit einem bösen Blick auf die Mitarbeiterin.

Langsam zog sie sich aus und drehte sich um. Ihre Beine sackten weg, instinktiv ergriff sie den Deckel der Sonnenbank und hielt sich krampfhaft fest.
Ihre Augen starrten erneut auf die Karte, die auf dem kleinen Hocker lag. Panik breitete sich aus, ihr Gesicht wurde bleich, sie zitterte.
„*Reiß dich zusammen*,“ leise kamen die Worte über ihre Lippen. Es half ein wenig.
Kraft kehrte in ihre Beine zurück. Sie stellte sich aufrecht hin und griff nach der Karte.
Angst floss durch ihren Körper. Zögerlich las sie, ohne zu verstehen, was dort stand. Die rote Schrift grinste sie an. Erneut sah sie die Wörter und begriff.

Halbzeit:

Verabschiede dich!

Den Drang zu flüchten unterdrückte Sonja. Verstört zog sie sich an, ohne darauf zu achten wie, den leichten Mantel drüber und raus.
Sie hörte weder Nora, die ihr fragend hinterherrief, noch sah sie die verwunderten Blicke der Passanten, die ihr nachschauten.
Sie rannte die drei Straßen bis zu ihrem Haus und ignorierte die Seitenstiche, die ihr die Luft nahmen.
Zitternd versuchte sie die Haustür aufzuschließen, einmal, zweimal, endlich. Sie lief schnell zur Wohnung. Das funktionierte sofort. Rein und wieder abgeschlossen.

Niemand achtete auf die Gestalt, die Sonja vom Sonnenstudio nach Hause folgte. Dieser gefiel was sie sah. Eine schlechtgekleidete, völlig verstörte Frau.
Die Gleiche, die, ohne mit der Wimper zu zucken, Menschen und Leben zerstörte. Die so von sich eingenommen war, dass sie nicht begriff, was sie anrichtete. Es nicht wissen wollte. Nur sie zählte.
Nachdem Sonja das Haus betrat, drehte die Person sich um und lief zu einem Auto, das am Straßenrand stand und stieg zufrieden ein.

Erschöpft ließ Sonja sich auf den Boden nieder. Tränen liefen über ihr Gesicht. So blieb sie Minuten sitzen.
Der Wunsch nach einer Zigarette, wurde übermächtig.
Sie stand auf. Langsam schlurfte sie in die Küche, zog den Mantel aus und warf ihn über einen Stuhl. Auf dem Tisch lag eine Schachtel. Sie rauchte in schnellen Zügen.
„Ist das wirklich nur ein Scherz?" laut hallte die Frage nach.
Nachdenklich spielte sie mit der Karte. Legte sie zu der Anderen in die kleine Schüssel.
Ratlos, hilflos und verzweifelt, lief sie in dem Raum auf und ab.

15 Uhr

Recklinghausen-Süd / bei Walter & Ulla zu Hause

Ulla genoss die Ruhe. Sie saß in ihrer großen Wohn-Küche, trank Kaffee und rauchte.
Walter war die Nacht nicht nach Hause gekommen. Sie kannte es. Das kam manchmal vor, wenn er versackt war. Früher hatte er oft bei anderen Frauen übernachtet, was seltener geworden war.
Ihr war klar, dass es an ihm nagte. Oft bekam sie seine Wut darüber zu spüren. Sie schüttelte die Gedanken an ihn weg. Sie würde das jetzt und hier genießen. Solange es anhielt.

Innerlich hoffte sie, er käme nicht mehr wieder.

18 Uhr

Cubar Silke … / Lars

Silke saß zusammen mit Rene, Natascha, Sandra und Marion in der Cocktailbar. Alle tranken Cocktails mit oder ohne Alkohol. Nur Silke blieb bei ihrem geliebten Krefelder. Die fünf hatten mega Spaß, genossen das Beisammensein und das Ambiente. Alles war sehr stimmig, angenehm zu sitzen. Die Zigarrensäulen waren für die beiden Freundinnen stets das Highlight. Und der Kronleuchter, unter dem sie saßen.
Gegen 22.30 bezahlten sie. Langsam standen sie auf und verließen die Cubar.
Vor der Cocktailbar sahen sie Lars. Er trug eine schwarze Lederjacke, moderne Jeans und sah immer noch umwerfend aus. Zielstrebig kam er auf Silke zu. Sah herausfordernd zu den jungen Frauen. Und lächelte seine Ex an. „Hallo Kleine …"
„Was willst du?" fragte Silke genervt.
„So unterkühlt Süße?"
„Ich heiße Silke, erinnerst du dich? Hör auf, mich anders zu nennen. Das dürfen nur Menschen, die mir etwas bedeuten. Dazu zählst du nicht. Also, was ist jetzt?"
„Aua, das hat gesessen." Er grinste „Na ich dachte du hättest Lust, mal wieder Zeit mit mir zu verbringen, Könnten was trinken, so auf die alten Zeiten." Gierig sah er zu Natascha und Sandra.
„Ach hör auf, Lars. Ich bin weder dein Beuteschema noch so naiv wie früher." Sie schüttelte den Kopf. „Du hast wohl

eher Interesse an den beiden Mädels." Angewidert sah sie ihn an.
Die jungen Frauen lächelten abfällig. „Mama keine Sorge, der ist doch viel zu alt."
Getroffen sah Lars von Silke zu den Mädchen. Seine Selbstsicherheit bekam einen weiteren Knacks.
Wut stieg in ihm hoch. Gepresst erwiderte er: „Auf sowas wie euch bin ich nicht angewiesen. Weder eure Mutter noch ihr könnt mir das Wasser reichen." Zornig drehte er sich um und lief Richtung Stadt.
Erleichtert atmete Silke auf. Natascha und Sandra lachten schallend. Rene sah seine Mutter eindringlich an. „Alles wieder in Ordnung?"
„Ja von sowas, lasse ich mir nicht die Laune verderben." Sie lächelte.
Marion nickte. „Was für ein Arsch."
Gemeinsam spazierten sie zum Bahnhof und trennten sich dort.

Tag 12

Mittwoch

9 Uhr

Recklinghausen-Süd / bei Ulla zu Hause ...

Zufrieden saß Ulla mit einer Tasse Kaffee am Küchentisch. Sie war allein. Walter blieb verschwunden. Das sah ihm nicht ähnlich. Es gefiel ihr, aber ihr war klar, das etwas nicht stimmte.
Langsam hob sie die Zeitung. Leichenfund am KSR stand auf der Titelseite. Es war ein kurzer Bericht. Kaum Einzelheiten. Nur das es sich um einen älteren Mann handelte.
Sofort beherrschte sie dieses Gefühl, dass es hier um ihren Lebensgefährten ging.
Nervosität machte sich in ihr breit und ließ sie zittern. Konnte das wirklich stimmen? Ist die Hölle endlich vorbei? Kurz flackerte leichte Freude auf, bis ihr schlechtes Gewissen sie ermahnte. Schnell zog sie sich an und fuhr mit dem Rad zu der kleinen Polizeistation in Süd.

10 Uhr

Hillen / Lars

Stefanie weigerte sich weiterhin, mit ihm zu sprechen. Weiber. Mittlerweile fand er ihr Benehmen anmaßend und ungerecht.
Klar, er hatte sie betrogen.
Gleichzeitig bot er ihr alles, was sie brauchte. Ein Leben, in dem sie sich verwirklichte, Wünsche und Träume auslebte. Lars arbeitete hart dafür, ihr dieses zu ermöglichen.
Und er nahm ihr nichts weg mit seinen Affären, nein dadurch war er viel ausgeglichener und liebevoller.
Sie schmollte, sollte sie.
Er würde nicht klein beigeben. Dieses Mal nicht.
Achselzuckend lief er seine übliche Strecke. Er war noch immer wütend vom Vorabend. *Blöde Tussis*
Joggen war der Ausgleich, den er brauchte. Es befreite seinen Kopf, half ihm regelmäßig bei der Bewältigung von Problemen und gab ihm Kraft.
Heute Morgen erst, da lag auf dem runden blauen Terrassentisch, wieder eine schwarze Karte. Die rote Schrift wirkte blutiger wie sonst:

Todestag:

Du bist eine Waffe, die verletzt ...

meine Waffen sind tödlich!

Irritiert und geschockt zog er sich Sportsachen an und war losgerannt.
Er lief und lief. Jeder gelaufene Meter löste den Knoten in seiner Brust ein Stückchen mehr.

Langsam bog er in das kleine Waldstück. Nur kurze Zeit später strauchelte er und fiel hin.
Ein stechender Schmerz zog vom Knöchel durch den ganzen Körper. Dieser war extrem. Lars wurde ohnmächtig.

Langsam kam er zu sich, der Schmerz pochte durch seinen Fuß.
Beunruhigender für ihn war jedoch die Dunkelheit. Er erkannte nichts, an Händen und Beinen spürte er etwas: Fesseln. Er fragte sich, wo er war.
Ein enger Raum, es schaukelte, hielt an, bewegte sich.
Panik breitete sich in dem Mann aus. Sein Schrei wurde erstickt. Er würgte, der Knebel saß fest in seinem Mund.
Lars war schnell klar, das er in einem Kofferraum lag. Es roch unangenehm.
Der Wagen stoppte. Er hörte Autos, Stimmengewirr und dann: Stille. Es blieb dunkel. Hände griffen nach ihm und zogen ihn hoch.
Sein Fuß stieß gegen etwas und höllische Schmerz der folgte ließ Lars innerlich aufschreien. Erneute Ohnmacht überfiel ihn.

12.30 Uhr

Grullbad / Horst

Horst stand am Spielplatz und führte den Dackel der Nachbarin aus. Der grauhaarige untersetzte Mann nutze jede Gelegenheit die spielenden Kinder unauffällig zu beobachten. Er hatte Geduld und blieb lange mit dem Hund draußen.
Erst nach einer knappen Stunde schnappte er sich Seppel, er fand das sei ein blöder Name für einen Hund. Er brachte ihn zurück. Beate bedankte sich, gab ihm einen Umschlag, der seinen Namen trug.
„Wo hast du den her?“
„Der lag im Flur neben der Werbung. Ich habe ihn lieber aufgehoben, bevor er verschwindet.“ Sie lächelte ihn an.
Horst nickte. Er lief die zwei Treppen zu seiner Wohnung hoch. In der großen Küche öffnete er den Umschlag. Eine kleine schwarze Karte kam zum Vorschein. Kopfschüttelnd las er den einen Satz in roter Schrift und legte sie weg, sowas blödes hatte er noch nie gesehen.
Er setzte sich an seinem PC. Schon vergaß er sie.

13 Uhr Wohnung X

Die Dunkelheit war fort. Der Knebel auch. Lars sah sich um. Unter der Decke abgedunkelte Neonleuchten.
Wo bin ich hier? Warum das alles? Was ist mit meinem Fuß?
Er fröstelte, bemerkte das er nur noch seine Boxershorts trug. Was soll das?
Seine Gedanken wurden von einem Quietschen unterbrochen. Er drehte seinen Kopf in die Richtung. Eine Gestalt kam näher.
„Hallo Lars. Hast du deine Woche genutzt, dich zu verabschieden? Oder Stefanie, um Verzeihung zu bitten?“ fragte die Person.
Zitternd schüttelte dieser den Kopf.
„Ja das war klar. Du bist nicht Mann genug.“
„Mein Fuß ...?“
Kalt lächelnd sahen Lars stahlblaue Augen an. „Der sollte dein kleinstes Problem sein.“ Kopfschüttelnd sprach die Person weiter.
„Du hast den jungen Mädchen Liebe vorgespielt. Dabei hast du sie nur benutzt und sie dann weggeworfen. Und deine Frau betrügst du, seitdem du sie kennst. Dafür zahlst du heute.“ Verzweifelt schaute Lars die Gestalt an.
Diese hob die linke Hand. Ein Skalpell blitze auf. Stöhnend warf der Mann seinen Kopf hin und her. Es nutzte ihm nichts. Die Schmerzen im Fuß waren heftig, aber was jetzt kam, ließ seine Schreie explodieren.
Hautfetzen wurden mit dem OP-Messer entfernt. „Du möchtest wissen, was ich hier mache?“ Schmerzerfüllt

nickte Lars. „Nun jede rausgeschnittene Hautstelle symbolisiert eines deiner Opfer," erklärte die Person zufrieden.
„Was? Ich verstehe nicht." Tränen liefen dem Mann aus den Augen.
„Die Frauen natürlich. Die du nur benutzt hast. Du weißt genau, was ich hier mache. Denk an dein Auto ..." lachte die Person boshaft.
„Aber ..."
Die Person schüttelte nur den Kopf. „Genug geplaudert, mein Freund" Lars wehrte sich, hatte jedoch keine Chance. Der Knebel kam zurück.
Der Geruch von Blut kroch Lars in die Nase. Übelkeit stieg in ihm hoch. Er hustete. Hatte Angst zu ersticken.
Er schaute hilfebittend zu der Gestalt, die nur leicht lächelte. „Es ist zwar nicht mein Plan, dass du so verreckst, aber wenn es so wäre, warum nicht?"
Lars fing sich wieder. Sein Körper brannte höllisch. Er verlor seinen Zeitsinn, Stunden schienen zu vergehen.
Dann war es vorbei. Von einer Sekunde zur anderen. Kein Schnitt mehr bohrte sich in seine Haut.
Er sah auf, war ratlos, etwas hatte sich verändert. Aber was.
Er war nicht mehr in der Lage klar zu denken.
Dann wurde es heiß, es roch verbrannt.
Tränen traten dem Mann in die Augen. Der Schmerz wurde übermächtig. Stumme Schreie klangen durch den Raum.
Er wünschte sich, tot zu sein und hörte ein lautes Lachen.
„Ich sehe, was du willst. Ich verspreche dir, dass es bald so weit ist," grinste die fremde Gestalt.
Weiter brannte sich das Heiße durch seine Wundränder.
Man konnte seine Schreie und seine Schmerzen spüren.

„So das waren die letzten mein Lieber. Gleich geht es weiter.“
Nichts geschah. Er hörte die Tür. Stille. Erneutes Quietschen. Schritte.
Lars sah auf. Erstaunt blickte er in die blauen Augen. Fragend.
Die Person lächelte nur.

Das Skalpell blitze auf. Ein Schnitt links, einer rechts.
Blut lief in Bächen die Arme runter.
Der Mann sackte zusammen. Sein Wunsch wurde rasch wahr.

17 Uhr

Recklinghausen-Süd / bei Ulla zu Hause

Ulla saß nachdenklich in ihrer Wohnung. Ihre Befürchtung oder Hoffnung hatte sich bestätigt. Walter war tot. Hastig rauchte sie eine Zigarette. Kein Stress mehr deswegen. Kurz lächelte sie.

Die Polizei hatte sie um Stillschweigen gebeten, soweit das möglich war. Bis zur Klärung der Todesumstände sollte nicht zu viel an die Öffentlichkeit geraten. Das war kein Problem für Ulla. Wen konnte sie schon benachrichtigen. Seine Familie war froh, wenn sie nichts von ihm hörte. Das verstand sie. Tief in ihrem Herzen erging es ihr seit Jahren ähnlich.

Die Nachricht hatte sie zuerst geschockt, aber langsam kam die Erleichterung. Endlich war die Hölle vorbei. Freiheit und ein neues Leben. Sie fand sich selbst respektlos, öffnete aber trotzdem eine Flasche Sekt und genoss den Abend.

18 Uhr

Stadt / bei Silke zu Hause

Es klingelte. Natascha öffnete die Tür. Ein Blumenbote stand vor ihr. Er hielt ihr einen Riesenstrauß schwarzer und roter Rosen hin. „Mama komm mal bitte.“
Sie hörte ihre Tochter rufen und kam aus ihrem Arbeitszimmer. „Ich glaube die sind für dich.“ Das Mädchen bemerkte, das ihre Mutter errötete, sie lächelte. Silke nahm den Strauß in Empfang und bedankte sich bei dem Mann. Sie griff nach der Karte:

Schwarz und Rot - für deine Lieblingsfarbe und das Kleid, in dem du hinreißend ausgesehen hast.

Frank war wahnsinnig. Was das alles kostete. Sie bemerkte die Blicke ihrer Töchter. „Was schaut ihr so? Dieser Mann hat einen Knall oder zu viel Geld.“
„Ja klar Mama, gib ruhig zu das es dich berührt.“ Mara reichte ihr eine Vase mit Wasser.
„Danke mein Kind. Nein ich glaube er übertreibt es und ich weiß echt nicht, wie ich das stoppen kann.“
„Ruf ihn an. Vielleicht wartet er nur darauf.“ Natascha nickte zustimmend. Silke schüttelte den Kopf.
„Glaubt mir ihr zwei, dieser Tag wird nicht kommen. Vorher gefriert die Sahara.“ Sie zog sich in ihr Arbeitszimmer zurück. Die Mädchen waren ratlos und setzten sich in ihre Zimmer. Die Jüngere lernte für Mathe. Mara rief Leon an.

Silke schaute auf die Rosen und die Karte. Sie spürte, wie die Mauer leicht zu bröckeln begann. Das durfte nicht sein, auf gar keinen Fall. Ein paar Blumen und Geschenke konnten nicht auslöschen, was geschehen war in ihrem Leben. Das würde sie nicht zulassen.

22 Uhr

Wohnung X

Der Raum war neu hergerichtet worden. Nichts deutete mehr auf die Geschehnisse vom Nachmittag hin. In dem vorderen Zimmer waren die Bilder von Walter und Lars rot durchgestrichen. In dicker schwarzer Schrift stand nur ein Wort darunter.

Erledigt!

Tag 13

Donnerstag

11 Uhr

Forsthaus / Lars

Mitglieder des Naturschutzbundes Recklinghausen fanden im Garten, vor einer kleinen Mauer sitzend, einen leichtbekleideten Mann.
Tod.
Mit unterschiedlichen Wunden übersäht.

Um seinem Hals hing ein schwarzes Schild:

Hart wie Stein

Geschockt riefen sie sofort die Polizei, die schnell eintraf.
Fast gleichzeitig trafen Rettungswagen und Spurensicherung ein. Kurz danach die Presse.
Wie schon bei dem ersten Todesopfer schützten Polizisten den Blick auf die Leiche, um Fotos zu verhindern.
Befragten die drei Männer, die den Toten gefunden hatten und gaben dem Reportern eine knappe Erklärung, die damit mehr als unzufrieden waren.
Der Leichenwagen holte den Mann ab.

13 Uhr

Radio Vest

Wieder berichtete der Sender vom Fund einer männlichen Leiche. Dieses Mal war sie am Forsthaus gefunden worden. Nach Zeugenaussagen hätte der Mann Wunden am Körper, die auf Mord hinwiesen. Weitere Einzelheiten seien nicht bekannt, die Polizei verhielt sich noch immer sehr bedeckt.

14 Uhr

Recklinghausen-Süd / Silke & Marion

Die Südstadt war gut besucht an diesem Tag. Die Freundinnen beschlossen etwas zu essen. Sie spazierten gemütlich durch den Stadtteil und setzten sich in eine kleine Pommesbude. Silke fuhr selten hier her, es war nicht ihre bevorzugte Gegend. Sie fühlte sich meistens unwohl, nicht nur das stets die Gefahr bestand, Walter oder Martin zu treffen. Nein, Süd war oft Treffpunkt für drogenabhängige und andere Suchtkranke. Wie am Bahnhof nur noch extremer. Die Gewaltbereitschaft in Süd war zusätzlich überdurchschnittlich hoch. Heute hatte Marion einen Termin, musste deshalb nicht arbeiten und sie war mitgefahren. Die beiden nutzten die Gelegenheit, für einen Mädelstag.

Die Frauen genossen die Zeit zusammen und unterhielten sich angeregt. Nach dem Essen schlenderten sie etwas durch die Geschäfte.

14.30 Uhr

König-Ludwig / Person X & bei Martin zu Hause

Die Person wartete seit zwei Stunden vor dem Haus. Verdammt, wo blieb er? Langsam wurde es Zeit, sie lief eilig zum Eingang. Die Tür stand offen, sie stieg vorsichtig die alten Stufen zur ersten Etage hoch und sah sich um. Ziemlich runtergekommen genau wie einige Mieter. Durch die Tür hörte die Gestalt Martins Stimme. Nicht laut, aber unverkennbar. Sie rannte zufrieden zum Auto und startete den Motor, fuhr Richtung Stadt.

Martin lag flach.
Erkältet, Fieber. Nichts, was ihm sonst zu Hause hielt. Dazu kamen aber die mega Kopfschmerzen. Er schaffte es kaum, den Kopf zu heben. Unerträglich.
Sauer ließ er sich von Tina bedienen. „Ich habe Durst. Mach doch mal etwas schneller du Schnecke. Tabletten brauche ich auch. Bewege dich," befahl er ihr.
„Weißt du was, hol dir den Scheiß allein. Ich bin nicht deine Bedienstete." Mutig sah sie ihn an. Endlich war es ihr möglich, ihm das Notwendige zu sagen. „Ich habe es echt satt mit dir. Du glaubst auch, du kannst alles mit mir machen. Das hat jetzt ein Ende."
Wütend verließ sie die Zweizimmer Wohnung. Diese wirkte genauso verlebt, wie der Mann in dem großen Bett. Die alten Möbel hatten ihre beste Zeit bereits hinter sich. Passend zu den Menschen, die hier lebten.
Vor der Tür lag eine schwarze Karte. Martins Name klebte auf einem gelben Zettel. Sie brachte ihm diese.

„Hier für dich. Und tschüss."
„Tina warte."
„Vergiss es." Sie verließ endgültig die Wohnung.

Martin starrte auf die Schrift. Er schluckte.

Halbzeit:

Bist du bereit?"

Verdammt, was ist das? Laut rief er nach seiner Freundin, aber sie kam nicht.

15.30 Uhr

Bus, Calabrese / Silke & Marion

Sie stiegen in den SB 20er Richtung Stadt. An der Haltestelle König-Ludwig zeigte Silke auf eine leicht mollige, rothaarige Frau, die genervt einstieg und sich direkt vorne hinsetzte. „Das ist Tina die On/Off Freundin von Martin.“
„Oh die sieht aber nicht glücklich aus.“ Marion beobachtete sie.
„Wen wundert das. Als seine Partnerin hat man es nicht leicht,“ erwiderte Silke.
„Warum trennt sie sich nicht endgültig?“
„ Ach du weißt doch wie das ist, manchmal schafft man das einfach nicht, oder erst sehr spät,“ antwortete Silke nachdenklich.
„Ja da hast du recht Silke. Aber irgendwann muss man sich für ein gewaltfreies Leben entscheiden. Egal wie schwer so eine Trennung ist. Sonst geht man vor die Hunde.“
Für den Rest der Fahrt schwiegen sie, beide hingen ihren Gedanken nach.

Am Viehtor stiegen die Freundinnen aus und liefen in die Recklinghäuser Innenstadt zur Stadtbücherei. Silke hatte sich ein Buch vorbestellt, das sie jetzt abholte.
Die Frauen bekamen wie so oft Hunger auf ein Eis. Gemütlich schlenderten sie zu Calabrese und setzten sich heute ausnahmsweise nach draußen. Normalerweise

vermied Silke das. Ihre Angst vor gelbgestreiften Flugtieren war zu groß. Doch bei diesem traumhaften Wetter erfüllte sie Marion den Wunsch. Keiner konnte genau sagen, wie lange es noch so schön blieb. Bald war Herbst. Sie gaben ihre Bestellung auf.
„Hast du mal wieder etwas von Frank gehört?“ fragte Marion neugierig.
„Hm du meinst außer der fast täglichen Blumen? Der regelmäßigen Pralinen und der Fotos?“ Ihre Freundin nickte.
„Ja heute Morgen kam ein Brief. Und erneut Rosen. Je drei gelbe, blaue und schwarze.“
Sie bekamen ihr Eis.
„Er kennt deinen Geschmack. Und der Brief? Was stand drin?“ wollte Marion aufgeregt wissen.
„Keine Ahnung, ich habe ihn nicht geöffnet. Er liegt auf meinem Schreibtisch. “Marion schüttelte den Kopf.
„Interessiert es dich denn gar nicht was er schreibt?“
Genüsslich nahm Silke einen weiteren Löffel Eis mit Sahne zu sich. „Ehrlich gesagt, nein.“ Sie wurde rot bei ihrer Antwort.
„Ach komm, das glaube ich dir nicht. Ich weiß, wie du tickst.“

„Lass uns bitte das Thema wechseln.“ Gepresst wirkten diese Worte.
Marion sah ihre Freundin an. „Alles ok?“
„Ja.“ Hektisch sah sie auf ihre Uhr. „Wir sollten zahlen, sonst kommen wir zu spät.“ Verwirrt nickte Marion.

16.30 Uhr

Hillen / bei Lars zu Hause - Lutz

Lutz klingelte, lief um das Haus und drückte erneut auf die Klingel, dieses Mal Sturm. Keiner öffnete. Er machte sich riesengroße Sorgen um seinen besten Freund. Wo war Lars nur. Telefonisch bekam er ihn nicht. Er war kurz davor zur Polizei zu gehen.
Er schaute sich um. Sein Auto stand nicht vor der Tür. Der Mann lächelte. Na, dann war alles klar. Wahrscheinlich war er wieder bei einer seiner Eroberungen. Dann erreichte ihn niemand.

Etwas beruhigter verließ er das Grundstück.

18 Uhr

Kino / Silke & Marion

Nervös schaute Silke sich um. Normalerweise gefiel ihr das Kino. Sie verbrachte gern ihre Zeit hier, wenn interessante Filme liefen. Heute jedoch fühlte sie sich unwohl. Der Saal war voll. Beobachtete sie jemand? Da vorne. Oder doch nicht? Nein. Unsicher sah sie zu Marion, diese sprach mit ihr.

„Was hast du gesagt?“ wollte Silke nervös wissen.

„Ich habe gefragt, was mit dir los ist? Du bist schon seit anderthalb Stunden so unruhig,“ hörte sie Marion sorgenvoll sagen.

Silke atmete tief ein. Ihre Stimme klang panisch.

„Seit wir bei Calabrese waren, habe ich das Gefühl beobachtet zu werden. Sie schüttelte sich. „Nenn mich paranoid, aber da ist was. Ich bemerke das immer stärker.“

Marion drehte sich um. Bei dieser Menge an Menschen war nichts zu erkennen. „Versuch abzuschalten, oder möchtest du lieber gehen?“

„Ja das wäre wohl besser. Ich glaube nicht, dass ich mich auf den Film konzentrieren kann. Ich habe mittlerweile schon Kopfschmerzen.“ Silke wirkte müde und gestresst.

Das Licht wurde gedämmt. Die beiden Frauen verließen eilig den Kinosaal. Silke sah sich immer wieder um. Sie traten vor das hohe Gebäude.

„Hm ich weiß nicht, aber ich fühle mich echt nicht besonders. Lass uns den Abend beenden.“

Marion nickte und rief ein Taxi. Ihre Freundin beobachtete die Umgebung. Draußen vor der Cubar saßen eine Menge Leute. „Du weißt, wenn du reden willst, oder sonst was ...“
Dankbar drückte Silke sie kurz.
Der Wagen kam und sie stiegen ein. Zuerst brachte der Fahrer Silke zurück. Er wartete, bis sie im Haus war, dann fuhr das Taxi weiter.
Gegen ihre sonstige Gewohnheit schloss die gestresste Frau die Wohnungstür ab und ließ den Schlüssel stecken. Sie begrüßte ihre Töchter. Verwundert sahen sie ihre Mutter an, denn sie hatten noch nicht mit ihr gerechnet. Um die beiden nicht zu beunruhigen, sagte sie nichts von ihrem Gefühl, sondern erwähnte nur die mittlerweile unerträglichen Kopfschmerzen.
Erschöpft legte Silke sich hin.

Tag 14

Freitag,

10 Uhr

Stadt / bei Silke zu Hause

Am nächsten Morgen war sie wie ausgewechselt. Die Kopfschmerzen waren weg und auch das unangenehme Gefühl war verschwunden.
Sie stand auf und kochte sich einen Kaffee. Silke lächelte über sich selbst. Kein Wunder, das sie paranoid wurde bei den Büchern, die sie las und Serien, die sie sich ansah. Dazu die neusten Nachrichten. Überall las man von Vermissten, Toten und Krieg.
Natascha und Mara hatten Brötchen besorgt und die aktuelle Tageszeitung. Der Tisch war gedeckt.
Lachend begrüßten sie ihre Mutter. „Na dir scheint es ja wieder besser zu gehen."
„Oh ja, viel besser." Sie setzten sich zusammen an den Frühstückstisch. Aßen und unterhielten sich. Silke erzählte den Mädchen, was am Abend neben den Kopfschmerzen mit ihr war.
„Deshalb die verschlossene Tür," warf Mara ein. Besorgt sahen Natascha und die Ältere sie an. „Versprich mir, dass du zur Polizei gehst, wenn sich das wiederholt. Du weißt, was grade los ist," sagte Mara beunruhigt.
Die Jüngere pflichtete ihrer Schwester bei: „Nimm das nicht auf die leichte Schulter, Mama."

„Ok, versprochen. Was habt ihr heute vor?“ wechselte Silke schnell das Thema.
Sie redeten einige Zeit darüber. Räumten zusammen auf und spielten eine Runde Kniffel.

Die beiden Mädchen verließen das Haus. Silke las die Recklinghäuser Zeitung. Ein weiterer kleiner Bericht über den erneuten Fund einer männlichen Leiche.

Oh man, was ist in Recklinghausen nur los? fragte sie sich besorgt.

Kopfschüttelnd setzte sie sich an ihren Schreibtisch. Unschlüssig nahm sie Franks Brief in die Hand, drehte diesen hin und her und legte ihn zur Seite. Nein der musste warten. Sie fing an zu arbeiten.

11.52

Platte / Person X & Martin

Wieder hielt sich die unbekannte Gestalt am Bahnhof auf. Keiner bemerkte, dass diese etwas veränderte. Es war nur ein Moment der Gleichgültigkeit, der ausreichte. Unbemerkt zog die Person sich zum Busbahnhof zurück, von wo man einen prima Blick auf alles hatte.

Martin ging es wieder um einiges besser, zumindest die Kopfschmerzen war er los. Seit zwei Stunden hielt er sich auf der Platte auf.
Nach seinem Toilettengang trottelte er zu seinen Kumpels am Recklinghäuser Hauptbahnhof.
Er öffnete sein notdürftig geschlossenes Bier, nahm einen großen Schluck und spuckte diesen sofort angewidert aus.
„Was soll das?“ Empört sah er sich in der Runde um. „Wer hat sich an meiner Flasche vergriffen?“
„Was meinst du?“ Die Männer sahen ihn erstaunt an.
„Irgendwer hat in mein Bier gepisst.“ Ekel stieg in Martin hoch. „Das ist echt das Letzte.“ Wütend stellte er sie auf den Boden.
„Guck mal.“ Tina zeigte aus sicherer Entfernung auf den Stein, der neben seinem Rucksack lag. „Da ist ein Zettel.“
Der Mann hob das gefaltete Papier auf.

„So ekelhaft wie dieses Bier bist auch du.“

Was hatte das zu bedeuten? Sofort fielen ihn die Karten ein. „Habt ihr jemanden gesehen?“ fragte er aufgeregt.

Sein Blick schweifte umher, blieb bei der Flasche hängen. Das war nicht die, die er vorhin abgestellt hatte. Missmutig nahm er sie und warf sie in den Teich „Habt ihr gesehen, wer die ausgetauscht hat?“ er wurde aufbrausend. Kopfschütteln. „Fällt euch nicht auf, wenn jemand hier rumturnt, den wir nicht kennen?“ fragte er vorwurfsvoll. „Nein hier war kein Fremder Martin. Nur wir und ein paar andere. Aber wer alles, keine Ahnung.“ Tom hob die Schultern.
„Leute ich bin höchstens zehn Minuten weggewesen. Tina?“ Er war noch immer wütend auf sie, war sie letzte Nacht nicht nach Hause gekommen.
„Nein ich bin erst vor knapp zwanzig Minuten hier aufgetaucht.“ Kopfschüttelnd griff sich Martin eine neue Flasche. Untersuchte diese genau, ehe er sie öffnete. Er nippte vorsichtig daran. Alles in Ordnung. Er nahm einen großen Schluck, um endlich den unangenehmen Geschmack loszuwerden.
Zufrieden stieg die Person in dem Bus der gerade kam.

Martin sah seine Freundin an. „Wo warst du überhaupt?“ Tina schwieg. „Okay das klären wir später zu Hause.“ Genüsslich trank der Mann sein Bier.

13.30 Uhr

Suderwich / bei Sonja zu Hause

Ängstlich schaute Sonja sich um. Irgendjemand beobachtete sie. Das fühlte sie.
Der, der ihr die Karten schickte?
Was genau erwartete die Person von ihr?
Sie verstand es nicht. War es ernst, oder nicht?
Die Frau war schneller als sonst an ihrem Haus, in dem sie wohnte.
Erdgeschoss mit Terrasse und kleinem Garten.

In ihrer Wohnung entspannte sie sich.
Schloss zweimal ab, das Gefühl von Sicherheit wurde langsam stärker. Sie atmete auf.
Ihr Sohn war nicht zu Hause. Er kam erst später.
Sie goss sich ein Glas Orangensaft ein und trank gierig einen großen Schluck.
Füllte es wieder auf und brachte es nach draußen auf den Tisch.
Sie setzte sich hin und versank tief in Gedanken.
Sonja nahm weder den Gesang der Vögel noch den Duft der Rosen wahr, die das Geländer umrahmten. Bekam von ihrer Umgebung nichts mehr mit. Das Glas O-Saft stand unberührt auf dem braunen Tisch. Sie trank einen kleinen Schluck. Automatisch griff ihre Hand zu den Zigaretten, ließ sie jedoch liegen. Die Frage, was es mit diesen Karten auf sich hatte, beherrschte sie.

Mit einem entschlossenen Ruck stand sie auf und lief in die Wohnung. Sie holte ihr Handy. Unentschlossen schaute sie auf das Display.
Polizei, ja oder nein? War es ernst oder ein dummer Scherz?
Es gab zwei Tote in Recklinghausen, war da ein Zusammenhang?

Nicht das ich lächerlich rüberkomme.

Kopfschüttelnd eilte Sonja zurück auf ihre Terrasse.
Sie setzte sich, nahm einen großen Schluck Orangensaft und steckte sich eine Zigarette an. Unbewusst ließ sie das Feuerzeug immer wieder aufflammen. Dabei blieb ihr Blick an der schwarzen Karte hängen, die unter der Schachtel gelegen hatte.
Ihr Herz pochte laut, Schweiß bildete sich auf ihrer Stirn.
Hektisch sah sie sich um. Da war niemand.
Zitternd trank sie ihr Glas leer und drückte die Kippe aus.
Langsam griff sie nach der Karte.
Vor Sonjas Augen verschwamm alles, das Lesen fiel ihr schwer. Übelkeit stieg in ihr hoch. Mit letzter Kraft las sie:

Todestag:

Du bist kalt wie Eis - für mich kein Problem.

Ihr wurde schwarz vor Augen.

14 Uhr

Hochlarmark Arbeitsplatz /Thomas

Thomas hatte Feierabend.
Er überlegte, ob er direkt nach Hause fuhr. Dazu hatte er überhaupt keine Lust. Nora war zurzeit immer so rechthaberisch. Egal, was er sagte und tat, es war falsch. Die Frau war schlimmer wie seine Mutter als er jünger war. Er beschloss, zum Biker-Treffen zu fahren. Gemütlich schlenderte er zu dem nahen Parkplatz und merkte sofort, dass an seinem Motorrad etwas nicht in Ordnung war. Er rannte zu seiner Karre. Auf der Maschine saß ein Skelett. Der Mann grinste schief.
Etwas kleines, schwarzes schaute aus dem offenen Mund. Er holte es raus. Eine Karte.

Thomas!

Deine letzte Woche beginnt …

… jetzt!

Nervös sah er sich um. Verflucht, welcher Scherzbold war das? Er kannte seine Kollegen, traute es einigen zu. Er beruhigte sich einwenig. Energisch schnappte er sich Skeletti, wie er es innerlich nannte, und setzte es auf dem Boden. Er steckte die Karte ein und fuhr los.
Er entschied sich doch dazu, direkt nach Hause zu fahren.

15 Uhr

Grullbad / bei Horst zu Hause

Horst begriff direkt, dass etwas anders war. Er bemerkte die Blicke seiner Nachbarn, es waren bösartige, vorwurfsvolle, verstörte und besorgte Blicke.
Warum? Was war nur los?
Und dann sah er den Zettel an seiner Wohnungstür.

Dieser Mann ist ein Kinderschänder!

Entrüstet riss Horst das Blatt ab. Er lief die Treppe runter. Alle fünf Meter ein weiterer Zettel. Mit Namen und Bild. Er entfernte sie. An der Haustür hing ebenfalls einer. Besorgt rannte er raus, er wurde panisch.
Er atmete auf. Nichts.
Schnell trat er zurück ins Haus. Erklärte jedem einzelnen Nachbarn das diese Anschuldigungen, nicht der Wahrheit entsprachen.
„Erkundigt euch bei der Polizei“ riet er ihnen.
Sie schlugen zwar nicht die Tür vor seiner Nase zu, sahen aber nicht überzeugt aus.
Nur Beate ließ ihn rein.
„Komm Horst, ich bereite uns einen Kaffee zu. So ein Schreck am Nachmittag braucht niemand.“ Sie führte ihn in ihre gemütliche Küche und nahm ihn das Papier ab. Sie steckte es ins Altpapier.

Der Mann sah sie empört an. „Wer macht sowas? Ich verstehe das nicht. Ich habe hier doch niemanden etwas getan.“
„Ach du weißt doch, Spinner, Neider oder was auch sonst immer, gibt es überall,“ beruhigte sie ihn.
„Du hast recht Beate. Danke das du zu mir hälst.“ Horst lächelte sanft.
„Ach ich kenne dich jetzt seit acht Jahren. Das wäre mir doch aufgefallen.“
Lächelnd reichte sie dem Mann eine Tasse Kaffee. Sah ihn lange in die Augen.
Horst wusste, dass sie an ihm interessiert war. Er ließ sich darauf ein, zum ersten Mal.

17 Uhr Wohnung X

Sonja kam langsam wieder zu sich. Ihr Kopf dröhnte.
Wo war sie hier? Was sollte das?
Sie versuchte, sich aufzurichten. Es gelang nicht. Sie bewegte sich und bemerkte Fesseln an Händen und Beinen.
Mit voller Wucht kam die Angst zurück. Sie schrie, kein Laut drang über ihre Lippen. Leise stöhnte sie auf.
Da, das Klingeln eines Telefons. Ruckartig drehte Sonja den Kopf in die Richtung. Ein stechender Schmerz schoss ihr durch den Körper.
Ihr Blick blieb bei einer leicht geöffneten Tür. Sie hörte eine Stimme, zu leise, um zu verstehen was gesprochen wurde. Und dann Stille. Nur kurz. Ein Quietschen. Die Tür öffnete sich weit und jemand betrat den Raum. Dieser jemand schloss die Tür, stand vor einem Tisch, nahm etwas und kam langsam auf Sonja zu.
Die schwarzgekleidete Person sah sie mit kalten Augen an. „Da bist du ja wieder. Du hast dir Zeit gelassen."
Fragend sah Sonja hoch. „Du möchtest wissen wieso?" Die Person lächelte boshaft. Panisch nickte sie.
„Du hast die Menschen in deiner Umgebung verletzt, betrogen, benutzt und fast zerstört. Da wundert es dich, was hier passiert? Bist du davon ausgegangen, dass du immer so weitermachen darfst, ohne Folgen für dich? Sonja, so dumm kannst nicht mal du sein," spottete die Person.
Kopfschüttelnd sah diese sie an und hob die linke Hand. Angsterfüllt erkannte sie schwarze Handschuhe, die ein silbernes Skalpell hielten.

Der erste Schnitt in ihre nackte Haut raubte ihr den Atem. Zeit zum Erholen blieb ihr nicht. In Akkordzeit vergrub sich das scharfe Messer in Arme, Beine, Bauch und Brust. Wieder und wieder. Verzweifelt stöhnte Sonja auf, Tränen liefen aus ihren Augen.
Es hörte auf. Die Person entfernte sich und verließ den Raum.
Vage Hoffnung breitete sich in der Frau aus. Jedoch nur kurz.
Ein Quietschen signalisierte ihr, dass sie nicht mehr allein war. Entmutigt schloss sie die Lider und wartete erneut auf den Schmerz.
Was dann kam, ließ sie die Augen aufreißen. Ihr Körper bäumte sich auf, der Blick glitt auf die Hand des Peinigers. Eine große Nadel senkte sich schnell in die offenen Wunden. Immer wieder. Beim Zurückziehen spürte sie einen Widerstand. Es zerriss ihre Haut in Fetzen. Was war das? Mit großen Augen sah sie die Gestalt an. Verstört. Diese hielt kurz inne. „Hier damit du siehst was dich gerade quält. Eine schöne, sehr breite Filznadel mit Widerhaken." Entsetzt schüttelte Sonja den Kopf, sie blickte bittend zu der Person. Ohne Erfolg.
Der Blutgeruch wurde intensiver.
Auf und Ab arbeitete sich die Nadel, durch alle zugefügten Wunden.
Erschöpft sackte Sonja in sich zusammen.
Nach dem letzten Einstich schrie sie innerlich auf.

Ich habe es verstanden.
Ihre Augen brachte diese Botschaft zu der Gestalt, die sie ansah. Sie war nicht imstande den Blick abzuwenden, sie war verwirrt.

„Es freut mich, dass du begreifst, warum du hier bist. Aber logischerweise meine Liebe, werde ich dich nicht verschonen. Damit wäre das Problem nicht gelöst," flüsterte ihr Peiniger kalt.
Ehe Sonja verstand, was geschah, wurde sie hochgehoben. Die Person legte sie in einen engen Raum und entfernte Fesseln und Knebel.
Sofort schrie die verzweifelte Frau auf. „Ach meine Liebe, das ist so sinnlos," lachte die schwarze Gestalt. Das war das letzte, was sie hörte.
Bevor sie begriff, wo sie sich befand, schlug ein Deckel über ihr zu und ein Schlüssel wurde umgedreht.

Es war dunkel und kalt.

Eisig kalt.

19 Uhr

Cubar / Silke ... & Klaus

Silke saß zusammen mit Mara, Leon, Maurice und Marion in der Cocktailbar. Sie quatschten über die Ereignisse in Recklinghausen und aßen Nachos. Sie genossen die gemeinsame Zeit.
Kellner Chris bediente sie wie immer äußerst zuvorkommend.
Am späten Abend gesellte sich Klaus zu ihnen, er wirkte angespannt. Er erzählte, dass seine Ex-Frau seit diesem Mittag nicht nach Hause gekommen sei. Sein Sohn Jan hatte ihn informiert.
„Du kennst doch Sonja. Die lässt nichts anbrennen. Wahrscheinlich hat sie einen neuen Lover." Silke war nicht gewillt, sich etwas anderes vorzustellen.
Klaus nickte. „Ja vielleicht hast du recht. Das sähe ihr ähnlich," versuchte er sich zu beruhigen. Er bestellte eine Runde für alle.
Knapp vierzig Minuten später verließ er die Freunde, um zu seinem Sohn zu fahren.
Marion und Silke beschlossen kurze Zeit später ebenfalls den Abend zu beenden.
Die jungen Leute bleiben zum Shisha rauchen in der Bar.

22.30 Uhr

Stadt / bei Silke zu Hause

Silke saß nachdenklich in ihrem Wohnzimmer. Die Ereignisse der letzten Tage waren erschreckend. Zwei Tote, Sonja anscheinend vermisst, sowie das Gefühl verfolgt zu werden. Gab es da Zusammenhänge?
Und dann war da Frank. Jeden Tag schickte er etwas. Ihre Wohnung sah aus wie ein Blumenladen und duftete auch so.
Tief im Inneren war sie bereit, mit ihm zu reden. Aber das würde sie nicht zugeben. Zu groß war die Angst verletzt zu werden.
Ihre Neugierde, was er geschrieben hatte, war mittlerweile so riesig, dass sie beschloss, den Brief endlich zu lesen.
Sie löschte das Deckenlicht, machte sich bettfertig und legte sich in ihr breites Boxspringbett. Die Nachttischlampe leuchtete in einem warmen Licht. Der Umschlag lag seit gestern Abend neben ihrem Bett. Sie öffnete ihn. Mit pochendem Herz las sie seine Zeilen. Gerührt und zutiefst verwirrt schlief sie ein.

Tag 15

Samstag

12 Uhr

Palais, Calabrese / Silke & Marion

Die Blicke brannten sich in ihre Haut.
Entsetzt drehte sie sich um, entdeckte aber Niemanden. Hatte sie sich getäuscht? War das möglich? Heute war es beängstigend, das Gefühl beobachtet zu werden. Bildete sie sich das wirklich nur ein?
Sie brauchte unbedingt ein Gespräch mit Marion. Vor der Country Veranstaltung am Abend. Silke nahm ihr Handy, sie schrieb ihrer Freundin mit der Bitte, sie bei Calabrese zu treffen. Die Antwort kam prompt.

Alles klar, ich bin in spätestens zwanzig Minuten da.

Sie beendete ihre erfolgreiche Shoppingtour im Palais und eilte ins nahegelegene Eiscafé an der Kampstrasse. Dort setzte sie sich an ihren Lieblingsplatz und bestellte einen Kaffee. Kurze Zeit später betrat Marion die Eisdiele. Sie kam zielsicher auf Silke zu und setzte sich.
„Hey was ist los?“ Besorgt sah sie ihre Freundin an.
„Ich hatte heute wieder das Gefühl beobachtet und verfolgt zu werden. Da bin ich mir ganz sicher.

Irgendetwas stimmt nicht. Oder ich werde verrückt." Silke wirkte sehr ängstlich.
„Mehr wie jetzt schon? Das geht doch gar nicht."
Schiefgrinsend sah sie Silke an. Diese fing an zu lachen. Wurde aber sofort wieder ernst. „Danke, das habe ich gebraucht. Sag, was mache ich jetzt? Abwarten oder doch zur Polizei? Halten die mich dann nicht wirklich für verrückt?" Achselzuckend sah sie zu Marion.
Diese lächelte sie aufmunternd an. „Ich bin auch ratlos. Bei dem, was im Moment so in Recklinghausen los ist, wäre es vielleicht wirklich angebracht direkt zur Polizei zu gehen."
Silke sah auf die Uhr. „Nein das schaffen wir nicht. Ich kann unmöglich zu spät zu meiner eigenen Veranstaltung kommen." „Wir könnten Klaus anrufen und ihm sagen was los ist, der hält mit Sicherheit die Stellung," meinte Marion entschlossen. Silke überlegte kurz, dann schüttelte sie den Kopf. „Nein das geht nicht. Aber es wäre lieb, wenn du mich heute nicht aus den Augen lässt. Das gebe mir Sicherheit," meinte sie schon ein bisschen sicherer.
„Das werde ich selbstverständlich machen. Ich bin dein Schatten." Marion lächelte. Und jetzt genieß heute erstmal den Abend. Morgen sehen wir weiter. Ich würde mitkommen zur Polizei, das ist klar," versuchte ihre Freundin Silke endgültig zu beruhigen.
„Danke ich bin froh dich zu haben."
Die beiden Frauen tranken ihren Kaffee aus. Kalt war er mittlerweile. Silke schüttelte sich. Sie bezahlten und liefen zu ihr nach Hause. „Hast du deine Klamotten für heute mit?"
Marion zeigte auf ihre große Tasche. „Alles dabei."

Sie betraten die Wohnung. Beide Töchter warteten auf ihre Mutter. Sie begrüßten die Frauen.
„Hast du was gefunden Mum?“ Erwartungsvoll sah Natascha sie an.
Sie nickte und holte die neuen Sachen aus der Einkaufstasche.
Schwarze Jeans, ein rotkariertes Hemd, Westernstiefel und ein Cowboyhut. „Na was sagt ihr?“ grinste Silke
„Sehen klasse aus. Ich bin gespannt, wie sie an dir aussehen. Wen soll ich als erstes schminken? Und wann?“ Mara sah ihre Mutter fragend an.
„Wie spät ist es denn?“
„Mittlerweile 15 Uhr Mama.“
„Ok fang mit Marion an. ich ziehe mich in der Zwischenzeit um. Ist das okay für euch?“ wollte Silke wissen.
Beide nickten.

15 Uhr

Grullbad / Horst

Horst eilte zum Kiosk, er hatte etwas im Netz bestellt. Der Paketbote hatte nicht angeklingelt. Ständig das gleiche. Stattdessen lag die Abholkarte im Briefkasten. Genervt sah er auf die restliche Post in seiner Hand. Er würde sie erst in seiner Wohnung öffnen. Sein Blick fiel auf etwas Schwarzes.

Halbzeit:

Die Zeit rennt dir davon!

Sofort fiel ihn die erste Karte ein. Er verwarf seinen Plan mit dem Kiosk und rannte regelrecht zurück nach Hause. Er nahm die Stufen so schnell wie nie zuvor. Schweratmend sperrte er die Tür auf und warf diese ins Schloss. In der Küche ergriff er die andere Karte.

Horst!

Deine letzte Woche beginnt …

… jetzt!

Schweiß stand ihm auf der Stirn.

„Was zum Henker soll das?"

Er sprach laut mit sich selbst.

„Wer steckt hinter diesem Mist."

Langsam wurde er panisch. Um sich zu beruhigen, setzte er sich an seinen PC.
Er surfte wie immer im Darknet.
Kurze Zeit später war er so vertieft, dass er die Karten wieder vergaß.

16 Uhr

Noah`s & Zoe´s Marl / Frank

Draußen regnete es. Richtige Wolkenbrüche prasselten plötzlich auf die Erde nieder.
Die Tische im Freien hatten sich rasch geleert. Dadurch war es voller wie sonst um diese Uhrzeit.
Frank hatte sich direkt reingesetzt. Aus beruflichen Gründen achtete er stets auf die Wettervorhersagen. Zum Glück sollte es in Recklinghausen trocken bleiben. Seine Mittagspause verbrachte er oft und gerne hier. Dank seiner Selbstständigkeit teilte er sich die Zeit frei ein. Es war eine Menge Arbeit. Doch er liebte sie. Seit der Scheidung arbeitete er härter als zuvor.
Gleichzeitig nahm er sich die Freiheit, sich um Freizeit und Hobbys zu kümmern. Heute aber gab es einen Job. Eine Country Veranstaltung.
Silke war Mitveranstalterin. Deshalb hatte er sich gewundert gebucht worden zu sein. Er hatte den besten Ruf in der Branche, das hatte wohl den Ausschlag gegeben selbst bei seiner Ex-Freundin.
Sofort dachte er wieder darüber nach, ob sie sich über seine Geschenke freute. Gemeldet hatte sie sich nicht bei ihm. Nicht einmal auf seinen Brief hatte sie reagiert. Er war frustriert. Egal, es war Zeit sich um seinen Job zu kümmern.
Frank bezahlte und verließ Noah`s, um nach Recklinghausen zu fahren.

16.30 Uhr

Stadt / Silke & Marion

Anderthalb Stunden später waren beide Frauen fertig für den Abend. Marion war ähnlich gekleidet wie Silke. Das Make-up dezent, wirkte frisch und natürlich. Die Frauen waren begeistert, bedankten sich überschwänglich bei Mara. Die lächelte nur.
Leon hatte sich bereit erklärt sie zu fahren. Er kam pünktlich.
„Wollt ihr drei nicht doch mitkommen?“ Silke sah sie erwartungsvoll an.
„Ne Mum, das ist heute euer Abend.“ Mara lachte. „Du weißt doch … nicht unsere Musik.“
Sie nickte. Leon sah auf die Uhr. „Wir müssen los.“ Sicher brachte er die Freundinnen zum Veranstaltungsort.
Der junge Mann zeigte nach oben. Am Himmel flog ein Flugzeug mit Bändern.
„Seht mal ihr zwei.“ Die Frauen schauten hoch.

Silke ich liebe dich. Frank

Sie schluckte und wurde rot. Der Brief kam ihr in den Sinn. Sie war verwirrt. Nur kurz, dann straffte sie die Schultern und ignorierte es. „Lass uns gehen Marion. Ich muss noch einiges klären.“ Diese nickte, sah leicht kopfschüttelnd zu Leon. Der zuckte mit den Schultern.
„Ok. Habt Spaß ihr zwei.“
„Danke dir., bis nachher“
Er fuhr los. Die Freundinnen betraten den Saal.

17.30 Uhr

Süd / Ulla

Ulla musste am Montag für eine Aussage zur Polizei. Mittlerweile hatte sie erfahren, dass Walter ermordet wurde. Im ersten Augenblick war sie schockiert. Aber nach einiger Zeit des Überlegens wunderte sie sich nicht mehr. Bei seinem Verhalten fragte sie sich, warum das so spät geschehen war.

Sie lebte auf, machte wieder Pläne und freute sich auf ihr neues Leben. Endlich, war die Angst verschwunden, falsch zu reagieren. Sie war der Person dankbar. Ihr schlechtes Gewissen deshalb, hielt sich in Grenzen.

19 Uhr Country-Veranstaltung

Der Saal war aufwendig dekoriert. Wagenräder, Heu, Fahnen und weiteres, was in den wilden Westen passt! Klaus war der geborene Moderator, Musiker sowie Entertainer. Eine Rampensau. Er sorgte für Stimmung und konnte auf Kommando abschalten. Niemand bemerkte seine Sorgen, die er wegen Sonja um seinen Sohn hatte.
Nach Ronny Märtens, einem mega Sänger aus dem Ruhrpott, gab er selbst zwei Lieder eines bekannten Country Stars zum Besten. Die Zuschauer waren begeistert. Sie feierten lautstark mit.
Nach seiner Einlage kündigte er Selina Bauer an. Diese Powerfrau war zurzeit die angesagteste Countrysängerin Deutschlands. Sie brachte das Publikum zum Tanzen und Singen. Es gab stürmischen Applaus für ihren Auftritt. Sie stellte ihr deutsches Album vor. Selbst der letzte Zuhörer schmolz dahin.
„Keine Sorge Leute. Selina kommt noch mal wieder. Gönnen wir ihr eine Pause.“ Er zeigte hinter sich. „Ich möchte euch Suzie Candell und ihren Mann Roger vorstellen. Die beiden leben in der Schweiz, wo sie einen Reiterhof besitzen.“
Applaus.
Mit ihrer einzigartigen Stimme, und dem Zusammenspiel mit ihrem Partner, gab es einen grandiosen Auftritt. Die beiden heizten das Publikum nochmal komplett auf, ehe eine Ballade ihre Pause einläutete.
Klaus bedankte sich bei dem Duo.
„Als nächstes habe ich eine Peitschenshow für euch. Viel Spaß dabei.“

Frank lief den ganzen Abend auf Hochtouren. Er fotografierte und ließ nichts aus. Zwischendurch plauderte er mit Klaus. Wie die Zeit es eben zuließ.
Die Show lieferte nicht nur prima Fotos, sie war perfekt, es gab tosenden Applaus.
Klaus betrat die Bühne. „So Leute, wenn ihr wollt, kommen alle Live-Acts ein weiteres Mal. Habt ihr Lust darauf?“ wollte er wissen.
Die Zuschauer johlten und jubelten. Die zweite Runde des Abends wurde eingeläutet.
Frank bekam Silke oft vor die Linse. Stets lächelte sie. Sobald die Kamera nicht mehr auf sie gerichtet wurde, ignorierte sie ihn. Er war Profi genug, um sich nichts anmerken zu lassen.

Die Künstler hatten Stände aufgebaut, die vom Publikum angenommen wurden. Es gab CDs zu kaufen sowie T-Shirts. Und es gab Autogramme.

Am Ende des Abends rief Klaus, Silke und den Wirt auf die Bühne.
„Ich, nein wir bedanken uns bei euch, für diese Wahnsinns Veranstaltung.“
Er überreichte Blumen und Pralinen an beide. Frank fotografierte. Es gab Applaus.

Nach und nach verließen zufriedene Menschen den Saal.

Silke stand mit Klaus zusammen. „Habt ihr etwas von Sonja gehört?“ wollte sie wissen

„Nein immer noch nicht. Der Junge macht sich ganz große Sorgen. Die zwei verstehen sich zwar nicht mehr, aber sie ist halt seine Mutter. Selbst ich werde langsam nervös,“ erwiderte er.

Sie drückte ihn kurz. „Und was wollt ihr jetzt machen?“

„Wenn sie sich bis morgen nicht meldet, gehen wir zur Polizei.“

Okay, gib mir Bescheid, wenn du mehr weißt.“

„Das mach ich. So Kleines, ich muss los. Pass auf dich auf.“ Er nahm sie in den Arm. Sie verabschiedeten sich voneinander.

Eine halbe Stunde später eilte Frank auf Silke zu. Diese wartete zusammen mit Marion auf Leon, der sie abholen kam.

„Ich muss mit dir reden.“

„Darauf lege ich persönlich keinen Wert. Sie würdigte ihn keines Blickes.

„Silke bitte ...“ Frank wirkte gekränkt.

„Nein null Bedarf. Deine Aktion heute war nur peinlich. Und hör auf mit den Geschenken. Ich habe dir nichts zu sagen.“ Unterkühlt drehte sie sich weg.

Marion sah ihre Freundin fassungslos an, so verletzend kannte sie diese nicht. Ihr Blick wanderte zu dem Mann, dessen Augen verdächtig zuckten und feucht wurden. Er senkte schnell den Kopf.

Verletzt wandte Frank sich der Tür zu. Sah das junge Paar welches eben ankam achselzuckend an. Er verließ den Saal.

Mara lief zu Silke und schaute sie fragend an. „Kannst du mir mal bitte sagen, was das war?“ Sie war empört.

Sie blickte ihre Tochter nur kopfschüttelnd an. „Ich möchte nicht darüber reden."
Die Rückfahrt war angespannt.
Silke verabschiedete sich und stellte die Blumen in eine Vase.
Sie lief in ihr Schlafzimmer und weinte still vor sich hin.

Tag 16

Sonntag

10 Uhr

Hotel / Silke

Silke traf sich mit den Künstlern aus der Schweiz im hauseigenen Restaurant zum Frühstück. „Ich freue mich sehr das wir uns heute Morgen nochmal sehen," sagte sie freudig
Suzie nickte. „Ja ich mich auch. Ist wirklich schon lange her das wir uns gesehen haben. Aber deine Veranstaltung gestern war echt schön."
„Danke dir, euch beiden für euren fantastischen Auftritt. Es war der Hammer. Ich soll euch nochmal ganz lieb von Marion grüßen. Sie fand es richtig schön euch kennengelernt zu haben. Auch wenn kaum Zeit zum Quatschen war."

Eine Stunde später verließ Silke das Hotel in Richtung Stadt. Unterwegs sah sie einen Ballon. Das erinnerte sie an das Flugzeug mit dem Spruchband.
Wieder wurde sie rot. Es hatte sie tief bewegt. Aber das würde sie um keinen Preis zugeben. Zu lange hatte sie an ihrer Mauer gearbeitet, um diese jetzt von einem Mann, der sie früher enttäuscht und ihr Herz gebrochen hatte, einreißen zu lassen. Es reichte, das sie bröckelte.

Das aber würde niemand erfahren, schon gar nicht Frank. Auch wenn er einst ihr Traummann war.
Charmant, gutaussehend, intelligent und äußerst sexy mit seinem drei Tage Bart. Verständnisvoll, hilfsbereit ...

„Nein.“

Laut kam dieses eine Wort über ihre Lippen. Wie ertappt drehte sie sich um. Sie war zum Glück allein.
Das fehlte noch, dass jemand sie so sah. Sie verbot sich ihre Gedanken und beeilte sich nach Hause zu kommen.

12 Uhr

Noah`s & Zoe`s Marl / Frank

Er trank sein drittes Pils.
Das war gar nicht seine Art, so früh. Er war gefrustet, traurig, wütend und enttäuscht.
Er hatte sich Silke endlich offen genähert. Frank hatte mit allem gerechnet. Aber nicht mit dieser Kälte. Es hatte ihn komplett weggehauen. Gestern Abend waren Tränen geflossen. Heimlich. Allein zu Hause.
Er hatte die Nacht wachgelegen, war erst gegen sechs Uhr eingeschlafen. Vor einer halben Stunde war er aufgestanden und direkt hierhergekommen. Doch heute begeisterte ihn nicht einmal die angenehme Atmosphäre. Der sonst so selbstbewusste Mann war bis ins Innerste getroffen.
Frank sah auf die Uhr.

Oh man, ich höre besser auf zu trinken.

Seine Gedanken kreisten um seine Traumfrau.
Er riss sich zusammen. Nahm die Aufgaben ins Visier, die vor ihm lagen.
Entschlossen rief er den Kellner, zahlte und ließ sich ein Taxi rufen.

13 Uhr

Platte / Martin

Martin quatschte mit seinen Kollegen und trank Bier. Gleich brauchte er Neues. Er zog seinen Rucksack zu sich, der etwas abseits lag. Holte seine Geldbörse raus und entdeckte eine schwarze Karte.
„Nicht schon wieder," fluchte er leise. Er nahm sie hoch.

Todestag:

Trink dein letztes Bier

es ist so weit!

Geschockt sah er sich um. Panik breitete sich aus.

Er zählte sein Geld und rannte zum Kiosk. Jetzt brauchte er etwas Härteres.

15 Uhr

Stadt / bei Silke zu Hause

Silke war nach dem nach Hause kommen direkt in ihrem Arbeitszimmer verschwunden. Sie ging ihren Töchtern und Leon aus dem Weg. Gegen 14.50 Uhr klingelte es. Marion stand vor der Tür.
Die beiden Frauen setzten sich ins Wohnzimmer an den Tisch.
Marion starrte den Tiger an, der die Platte hielt und suchte nach Worten. Sie war die erste, die Silke an diesem Tag auf die negative Situation mit Frank ansprach.
„Sag mir, warum hast du Leons Vater so abblitzen lassen? Diese Kälte passt nicht zu dir. Er ist immer noch ein toller Mann. Und du gefällst ihm," noch immer war sie geschockt von dem Verhalten ihrer Freundin.
„Ach hör auf. Klar er ist ein gutaussehender, sexy Mann. Aber, ich vergesse nicht, was damals war. Was über ihn erzählt wurde." Traurig sah sie ihre Freundin an.
„Hm, du hast ihn im Auto seiner Ex gesehen. Das bedeutet aber nicht, dass er dich betrogen hat. Und dass er Frauen schlägt, ist Hörensagen," erklärte Marion ihr.
„Ja du hast ja recht, aber gebranntes Kind ..." Silke badete im Selbstmitleid.
„Silke bitte, nicht diese Phrasen. Du hast Angst, das daraus mehr wird. Das da Gefühle sind, die du vergraben hast. Ich verstehe das. Aber wenn nicht für euch, dann bitte für die Kinder. Er ist Leons Vater, das verbindet doch," forderte Marion

„Ich weiß, aber ich bin noch nicht bereit. Seine Geschenke und Karten, all das zeigt mir, dass er sich viel mehr erträumt, als ich geben kann."
„Dann sag ihm das. Er wirkte gestern mehr als verletzt," du musst ehrlich zu ihm sein. Nur so kann er verstehen was los ist," sagte Marion vorwurfsvoll
Silke sah nachdenklich durch Marion hindurch.
Sie nickte. „Ja du hast wohl recht. Ich werde Leon nach Franks Nummer fragen. Ihn um ein kurzes Treffen bitten. Hoffentlich versteht er das nicht falsch," gab sie endlich nach.
„Du willst ihn echt anrufen. Das finde ich prima von dir. Und du kanns ihm ja direkt sagen, worum es geht." Marion triumphierte innerlich.
„Das stimmt. Ich denke, ich bin ihm nach gestern wohl endgültig eine Erklärung schuldig," antwortete Silke kleinlaut.
Zustimmend nickte ihre Freundin.

Kurze Zeit später klopfte Silke an Maras Tür. Das Mädchen öffnete und sah ihre Mutter ernst an. „Ich dachte schon du würdest dich den ganzen Tag verkriechen," vorwurfsvoll klang ihre Stimme.
„Hallo ihr zwei. entschuldigt bitte, ich musste mir erst über einiges klar werden und dank Marion habe ich das endlich geschafft," versuchte sie zu beschwichtigen. „Leon, gibst du mir die Privatnummer deines Vaters?"
Die jungen Leute sahen sie überrascht an. „Ich denke es wird Zeit mit ihm zu reden," gab sie sich reumütig
„Das finde ich wirklich gut von dir. Mein Dad war gestern zutiefst verletzt. Heute Mittag war er kaum ansprechbar," erzählte Leon sorgenvoll.

Er gab ihr die Nummer. „Aber erwartet bitte nicht zu viel. Er hat nur das Recht zu erfahren, weshalb ich ihm keine Chance geben kann." Sie nickte beiden nochmal zu und verließ das Zimmer.
Das Paar sah sich lächelnd an. Ein erstes Ziel war erreicht.
Nachdenklich lief Silke zurück zu Marion. „Ich denke, ich werde ihn später anrufen.
Marion schüttelte den Kopf. „Nein das solltest du direkt machen. Ich muss sowieso los. Wir texten später."
Nervös brachte Silke ihre Freundin zur Tür. Die Gute, sie war stets die Praktische von ihnen beiden. Sie selbst zögerte gerne vieles raus.
Also dann.
Kurzentschlossen lief Silke in ihr Schlafzimmer und wählte Franks Nummer.

17.30 Uhr

Platte / Martin

Es dämmerte bereits. Mittlerweile wurde es wieder früher dunkel.
Nach Pfandflaschen suchend stolperte Martin durch das Gebüsch. Er brauchte etwas Kleingeld und betteln klappte nicht. Sein Letztes hatte er für den Schnaps ausgegeben, den er durch das Auffinden der dritten Karte heute Mittag, dringend gebraucht hatte.
Er gab nichts darauf, normalerweise, nur die Androhung auf seinen Todestag hatte ihn erschreckt. Schnell hatte er sich wieder beruhigt, aber er brauchte was zu trinken und Tina ließ auf sich warten. Die konnte was erleben. Immer das Gleiche mit ihr.
Er hob eine Bierflasche auf. Ein Schritt nach vorne.

„Ahhhh."

Er brach zusammen. Der stechende Schmerz im Fuß raubte ihn die Luft. Ihm wurde kurz schwarz vor Augen. Schlagartig war Martin nüchtern. Schweiß tropfte ihm von der Stirn. Er roch Blut und schaute auf.
Eine Person stand neben ihm. Ehe er reagieren konnte, bekam er einen Faustschlag aufs Kinn. Sackte endgültig in sich zusammen. Seine Hände wurden gefesselt und der Mund verklebt. Sein Fuß schmerzte höllisch.
Er stöhnte, schrie innerlich auf. Die Person befreite seinem Fuß. Blut spritzte.
Befreiende Ohnmacht.

18.30 Uhr

Wohnung X / Martin

Der Wagen stand auf dem Hinterhof. Alles war dunkel, draußen und im Haus. Die Person zog sich eilig einen Schutzanzug an. Sie nutzte den Zeitpunkt, über der Schulter hängend, etwas Großes und Schweres in die Wohnung zu schleppen. Schweratmend, schwitzend, obgleich es an diesem Abend nicht so warm war wie sonst. Schnell noch einmal vergewissern, dass niemand etwas gesehen hatte.

Das Bündel wurde in dem fensterlosen Raum abgelegt und die Tür verschlossen.

Die Gestalt kochte sich einen Kaffee, nahm sich eine Frikadelle aus dem Kühlschrank und aß diese gierig. Zum Essen war wie meistens keine Zeit geblieben. Eine Zweite folgte. Sie setzte sich dann an den Tisch und trank genüsslich das schwarze Gebräu. Ausruhen stand nun auf dem Plan.

Der Mann lag reglos auf der Liege. Nur nicht auffallen. Im Stillen kam dieser Gedanke. Und doch war ihm klar, dass es nichts bringen würde.
Gemütlich schlenderte die Person auf ihn zu, die Gleiche, die er schon auf der Platte gesehen hatte.
„Na bist du bereit für das, was kommt?“ Kalte blaue Augen sahen ihn verächtlich an. „Ja Martin, du hättest die

Warnungen ernst nehmen oder ein besserer Mensch sein können. Aber nein. Du ziehst dein Ding durch. Ohne Rücksicht auf andere. Jetzt bist du an der Reihe," lachte die Person höhnisch.
Entsetzt schüttelte dieser den Kopf. *Bitte,* flehten seine Augen. Er weinte.
Sein Gegenüber blieb unbeeindruckt. „Zu spät Junge. Hattest du je Mitleid mit denen die du unterdrückt und gequält hast? Die Antwort lautet nein. Vergiss es. Sei ein Mann. Hör auf zu heulen," befahl die Gestalt.

Sie setzte eine Schutzmaske auf. Ohne Vorwarnung riss sie das Panzertape ab und eine große Ladung Pfefferspray traf Martin. Dieser hustete. Atemnot. Seine Augen tränten und reagierten wie die Haut. Es brannte höllisch.

Kurze Zeit später, stöhnte er laut und schrie vor Schmerzen.
Stiche in Nase, Ohren sowie Mund folgten und dem linken Auge. Immer wieder
„Aufhören, bitte." Seine Schreie wurden lauter. Blut lief ihn vom Gesicht.
„Nein, du hast immer erst aufgehört, wenn du fertig warst. So werde ich es auch handhaben," erwiderte sein Peiniger. Weitere Stiche folgten. Die Nadel bohrte sich tief in die Nase. Zerstörte mehr und mehr die Scheidewand. Durch den Eingang des Ohres wurde so lange gestochert, bis das Trommelfell riss. Er brüllte. Martin bekam erneut Panzertape auf den Mund geklebt. „Hier kann dich zwar niemand hören, aber du nervst mich," kalt klangen die Worte. „Aber das hier hast du jetzt geschafft." Der

verzweifelte Mann musste genau hinhören, denn er hatte Probleme mit dem rechten Ohr.
Die Person eilte zu dem Tisch, legte die Nadel nieder, nahm etwas anderes in die Hand und kam zurück. „Jetzt geht es weiter," grinste sie boshaft.
Sie fasste sich seinen Arm und rieb das Gerät über die Haut. Es schmerzte heftig und roch intensiv nach Blut. Martin bäumte sich auf, die Schmerzen waren unerträglich. Die Gestalt drückte ihn zurück auf die Liege und machte ungerührt weiter.
Er entdeckte eine grobe Reibe in der linken Hand des Angreifers. Rauf und runter zog sie diese. Langsam zerriss die Haut, hing in Fetzen am Arm. Der Mann heulte, aber es änderte nichts. Intensiv arbeitete die Person weiter. Nahm dann den zweiten Arm und es fing von vorne an.
Beine, Bauch und Brust folgten. Blut floss wie ein Wasserfall von Martins geschundenen Körper.
Verzweifelt und komplett am Ende bettelten seine Augen um Gnade. Er bekam nur ein Kopfschütteln zur Antwort.
Das Gesicht war an der Reihe. Erneut bäumte der Mann sich auf und hatte seine Blase nicht mehr unter Kontrolle, die Pisse lief an der Liege runter.

Blut, Hautfetzen. Urin. Es roch unangenehm.
Martin würgte und sah entkräftet hoch.

Die Gestalt sah ihn ernst an. „Du hast es bald geschafft."
Kurze Stille.
„Deine Opfer aber leiden ihr Leben lang."

Todesangst erfüllte Martin, immer stärker wurde das Gefühl. Panisch zitterte er am gesamten Körper.

Erneut hob die Person die Reibe und bearbeitete seinen Unterleib.
Heftigere stumme Schreie, ein letztes Aufbäumen. Martin sackte zusammen.
„Du hast es überstanden. Jetzt warte auf den erlösenden Tod.“ Zufrieden ließ die Person ihn allein.

21.30 Uhr

Stadt / bei Silke zu Hause

Silke telefonierte mit Klaus. Am Nachmittag war er mit Jan bei der Polizei. Von Sonja gab es nichts Neues. Sie blieb verschwunden.

„Wie geht es jetzt weiter?“ wollte sie von ihm wissen.

„Nun die haben eine Vermisstenanzeige aufgenommen. Haben uns gefragt ob irgendwas anders war die letzte Zeit. Ich konnte dazu nicht wirklich was sagen. Aber Jan meinte seine Mutter sei nervös gewesen die Woche. Zum Glück nehmen sie die Sache sehr ernst,“ antwortete er.

„Glauben die das es was mit den Toten zu tun hat, die es gab?“ Interessierte sich Silke

„Zumindest schließen sie es nicht aus. Jan ist grade ziemlich fertig. Die beiden haben zwar den Zugang zueinander verloren aber Sonja ist halt seine Mutter.“

„Ja das verbindet. Wie geht es dir?“ erkundigte sie sich voller Sorge.

„Ach ganz ok. Es ist ja nicht gerade so, als hätten wir uns freundschaftlich getrennt. Natürlich wünsche ich ihr nicht das etwas passiert ist, aber es macht mich nicht sonderlich fertig. Der Junge macht mir halt Sorgen,“ erklärte er

„Das kann ich nachvollziehen.“ Sie räusperte sich. „Lass uns das Beste hoffen. Fühl dich gedrückt,“ versuchte sie ihn und sich zu beruhigen.
„Danke dir. Ich melde mich, wenn ich mehr weiß. Schlaf gut Kleines.“
„Du auch. Soweit es möglich ist.“
Sie beendeten das Gespräch. Nachdenklich bereitete sie sich für das Bett vor. Sie legte sich hin, nahm Franks Brief zur Hand und las diesen zum wiederholten Mal.

Tag 17

Montag

4 Uhr

Rathausplatz / Sonja

Es war still auf dem Platz. Nur gelegentlich hörte man ein Auto über den Wall fahren. Langsam dämmerte es. Es wurde hell und lebendiger.
Heute war Markttag. Dieser wurde schräg gegenüber vom Rathaus aufgebaut.
Ein Mann entdeckte sie und lief zu ihr rüber. Er erstarrte vor Entsetzen.
Diese zierliche Gestalt, sitzend, nur mit rosa Unterwäsche bekleidet. Eine Frau voller Wunden, blass, kalt, in dem Brunnen neben den dunklen großen Figuren. Es war ein verstörender Anblick.
Fast nackt und tot. Das war unverkennbar.

Es hing ein Schild um ihren Hals:

Kalt wie Eis

Der Mann rief die Polizei. Mehr Menschen kamen dazu, waren geschockt, sie alle waren geschockt.
In kürzester Zeit traf die Polizei ein. Sofort ließen sie den Platz weitläufig räumen und sperrten ihn ab. Sorgten wie

bei den anderen Opfern zuvor dafür, dass die Presse nicht zu Fotos kam. Die Zeugen wurden befragt und Spuren gesichert.
Der Mann, der die Leiche fand, stand unter Schock und wurde von den Sanitätern und Notarzt behandelt.

5 Uhr

ehemaliger Kiosk Platte / Martin

Vor dem Gebäude saß ein Mann, in Unterhose.
Er war gekrümmt, voller Blut, bleich. Und tot.
Ein älterer Mann eilte zur Platte.
Vor Schreck blieb er wie angewurzelt stehen und wäre fast gestolpert. Entsetzt blickte er zu dem Toten. Stutzte. Er erkannte seinen Saufkumpel Martin.
Tom starrte, starr vor Angst auf das Schild.
Schwarze mit roter Schrift. Es hing um seinen Hals.
Er las stockend:

Zurück zur Basis.

Zwei Passanten blieben geschockt stehen. Einer rief den Notruf. Der andere griff ebenfalls zu seinem Handy, schoss einige Fotos. Rasch traf die Polizei ein, sie arbeitete wie bei allen vorherigen Opfern.
Sie redeten mit dem komplett fertigen Tom. Der war zwar etwas benommen von dem Fund, konnte aber mitteilen, das der Jüngere der beiden Zeugen anscheinend Bilder gemacht hatte. Sofort kümmerte sich einer der Beamten darum. Der andere dankte dem aufmerksamen Mann und rief einen Sanitäter der ihn betreute..

10 Uhr

Radio Vest

Der Moderator redete professionell vom Fund einer dritten und vierten Leiche.
Trotzdem bemerkte man seine Anspannung. Er erzählte von den Fundorten und sprach zum ersten Mal von einem Serienmörder, der sein Unwesen in Recklinghausen trieb. Er bat die Bevölkerung, Augen und Ohren aufzuhalten. Und vor allem vorsichtig zu sein.

13 Uhr

Motorrad-Werkstadt / Thomas

Ungeduldig saß er in seiner Stammwerkstatt.
Seine Maschine klang seit dem frühen Morgen komisch. Es klackerte und lief nicht so schnurrend wie sonst.
Olaf, der begabte Zweiradmechatroniker arbeitete erst kurze Zeit an der blauen Suzuki. Er wandte sich an Thomas.
„Ich weiß ja nicht, wer sich an deiner Maschine vergriffen hat, aber im Tank steckten vier Kronkorken. Das war alles. Jetzt sollte sie wieder normal laufen. Ach, und unter dem Sitz lag diese schwarze Karte.“
Achselzuckend reichte er seinem Freund diese.
„Was ist das Tom?“ wollte er von ihm wissen.
Dieser schluckte. Schon wieder eine.
„Ehrlich keine Ahnung. Es ist die Zweite.

Halbzeit!

„Mach dich bereit.

war zu lesen.

Langsam kriege ich Angst.“ Der grauhaarige Mann war sichtlich nervös.
„Du solltest zur Polizei gehen Thomas. Denk an das, was zurzeit in Recklinghausen los ist. Erst heute Morgen haben

die im Radio von zwei weiteren Leichen gesprochen,“ erinnerte er seinen Freund.
Der Mann nickte und steckte die Karte ein.
Er setzte sich auf sein Motorrad.
„Danke Olaf, das nächste Bier geht auf mich,“ versprach er.
Er überlegte kurz und fuhr los zum Polizeipräsidium. Er schaute hoch, entschloss sich jedoch, erstmal nach Hause zu fahren, da er die erste Karte nicht mithatte. Auch wollte er erst mit seiner Frau reden. Und so machte er sich auf den Heimweg.

13.30 Uhr

Calabrese / Karina & Jochen

Cubar / Silke & Marion

Karina saß zusammen mit Jochen wieder auf dem Platz unter den Bildern, beide tranken einen Cappuccino und führten ein intensives Gespräch. Marion hatte heute frei, sie eilte an der Eisdiele vorbei und stutzte. Das sieht aber ernst aus. Kurz blieb sie stehen und überlegte zu ihnen zu gehen, um herauszufinden, was genau die beiden ausheckten. Sie lief dann aber doch schnell weiter, um kurz etwas im Palais zu besorgen. Sie traf Silke gegen 14.15 Uhr in der Cubar deshalb blieb keine Zeit.

Ihre Freundin saß unter dem besonders schön gestalteten Kronleuchter in der Cocktailbar. Sie trank einen alkoholfreien Cocktail. Marion entdeckte sie sofort. Sie begrüßten sich. „Hey du hast ja schon ohne mich angefangen," gespielt entrüstet schaute sie Silke an. Diese lächelte, wurde aber wieder ernst. „Was hast du?" erkundigte sich Marion bei ihrer Freundin.
„Ich weiß auch nicht. Diese Situation in Recklinghausen. Und die anderen Dinge halt, das belastet mich," gab sie zu.

Die Chefin brachte Marion lächelnd ihr Getränk. Sie bedankte sich. „Ja ich verstehe dich. Mir geht es ähnlich. Aber wir dürfen uns nicht unterkriegen lassen." Sie nahm einen großen Schluck. „Oh wie lecker." Schmatzend

schaute sie sich ihre Freundin genauer an. „Du bist nervös, wegen heute Nachmittag. Stimmt das?“ wollte sie wissen. „Oder wurdest du wieder beobachtet. Dann sollten wir zur Polizei,“ meinte sie ernst.
„Nein keine Sorge, alles in Ordnung. Aber nervös bin ich. Es ist nicht so einfach für mich.“ Marion nickte, legte kurz beruhigend ihre Hand auf Silkes. „Vertrau mir, alles wird sich finden. Du kriegst das hin.“ Die Angesprochene lächelte. „Danke, ja du hast wie immer recht. Wir sind beide erwachsen,“ versuchte sie sich selbst zu beruhigen.

„Ich habe übrigens schon wieder Karina und Jochen getroffen,“ lenkte Marion das Thema in eine andere Richtung. „Die wirkten irgendwie angespannt,“ erzählte sie.
„Ach Marion, du siehst bestimmt Gespenster, was sollten die beiden schon machen? Etwas aushecken?“ Leicht lächelnd sah sie ihre Freundin an. „Ich weiß es wirklich nicht, aber es ist mir nicht geheuer. Wenn man überlegt, was grade so los ist.“
„Du sprichst von unseren Freunden,“ geschockt sah Silke Marion an. Diese nickte. „Wahrscheinlich hast du recht und da steckt nichts Besonderes hinter“.

Sie blieb bis 16.30 Uhr bei ihr, dann verabschiedete Marion sich. „Sei offen und ehrlich. Alles weitere kommt von selbst.“ Schon verschwand sie.

16 Uhr

Wohnung X

Raschelnde Geräusche klangen durch den kleinen Raum. Geschäftig wurde die Folie entfernt. Anziehsachen zerstückelt und entsorgt.
Nichts blieb übrig außer zwei halbgefüllten Müllsäcken. Kurz darauf wurde der gleiche Raum neu hergerichtet. Komplett steril.

Im größeren Zimmer wurde das Whiteboard geleert und gereinigt. Fotos und Karteikarten geschreddert und in eine Tüte gepackt.
Die anderen Bilder wurden neu aufgehängt und beschriftet.

Die Person wartete, bis es dunkel war.
Sie trug Säcke und Tüte in den Hinterhof, zog ihren Schutzanzug aus und packte alles vorsichtig in den Kofferraum. Sie stieg in das bereitstehende Auto und verteilte Müll, Papier und die Schutzkleidung in verschiedene Mülltonnen in verschiedenen Ortsteilen.
Sie fuhr zufrieden pfeifend weiter.

17 Uhr

Cubar / Silke & Frank

Silke und Frank waren in der Cocktailbar verabredet. Sie wartete nervös auf ihn. Er war überpünktlich. Trotz des recht warmen Spätsommertages blieben sie in der Cubar sitzen, anstatt rauszugehen. Hier war eine Unterhaltung geschützter.
Er bestellte einen Cappuccino. Silke hatte mittlerweile Kaffee vor sich stehen. Sie schwiegen, bis sein Getränk kam.
„Frank ich ..., ich, mir ist klar, dass ich dir eine Erklärung schuldig bin. Wegen Samstag, der anderen Tage und meine kalte, ignorante Art dir gegenüber."
Er nickte, sagte aber nichts.
Sie erzählte von damals. Was zur Trennung und endgültigem Bruch geführt hatte. Ihren Gedanken und Gefühlen.
„Begreifst du jetzt Frank? Ich bin nicht bereit für einen engeren Kontakt.
Deine Blumen, Pralinen, Briefe und die Botschaft am Himmel. Das alles hat mich tief berührt und gleichzeitig maßlos überfordert." Traurig sah sie ihn an. Ich brauche diesen Abstand zwischen uns. Mir ist aber auch bewusst, das wir den Kindern zuliebe einen vernünftigen Umgang miteinander finden müssen. Es ist sehr schwierig für mich, für uns," gestand sie.
„Ja ich verstehe, dass du dich nicht in der Lage fühlst, etwas aufzubauen, das ich mir wünsche. Aber ich muss

wirklich etwas klarstellen. Das wollte ich damals schon. Leider hast du mich schon da ignoriert."
Sein Blick war ernst.
Silke verlor sich für einen kurzen Augenblick in seinen Augen und nahm den herben Duft seines Aftershaves wahr, sie zitterte leicht.
Sie zwang sich dazu wieder auf seine Worte zu hören.
„... Ich habe dich nie betrogen. Das hätte ich nicht gekonnt. Du warst mein Leben. Nein, du bist es immer noch. Ich habe dich nie vergessen und nie aufgehört dich zu lieben."
Er räusperte sich.
„Aber was für mich viel wichtiger ist, dass du mir das hier glaubst. Ich schlage keine Frauen! So ein Mann bin ich nicht"
Sie wurde rot. Wieder sah er sie an.
Und erneut war sie gefangen in den leuchtend blauen Augen. Sie schluckte, war sich sicher, dass er die Wahrheit sagte. Ihr kamen die Tränen.
„Ich hoffe du glaubst mir jetzt." Leicht nahm er ihre Hand.
Silke nickte und wurde erneut rot bei der Berührung.
„Ja Frank.
Ich schäme mich dafür, wie ich dich behandelt habe. Damals wie heute." Sie suchte nach Worten. „Ich weiß das ich das nie wieder gut machen kann, ich war so stur ..."
„Silke ..." unterbrach er sie.
„Warte Frank, damit du siehst, dass ich es ernst meine, lade ich dich Samstag, bei mir zu Hause, zum Essen ein. Natürlich nur, wenn du das möchtest und mir mein Verhalten dir gegenüber verzeihen kannst."
„Was für eine Frage. Da brauche ich nicht überlegen. Aber mach dich nicht verrückt. Das du mir jetzt vertraust, löscht

vieles andere aus. Natürlich bin ich enttäuscht und zutiefst verletzt, dass du nicht mit mir darüber gesprochen hast, heute wie damals. Aber ich werde damit zurechtkommen, wenn du mir versprichst, ab jetzt über alles mit mir zu reden." Er lächelte.
Silke nickte. „Ja das verspreche ich dir." Sie zögerte kurz. „Erwarte bitte nicht zu viel von unserem Essen. Kochen ist nicht meine Leidenschaft. Immer noch nicht." Sie sah ihn lächelnd an. „Möchtest du noch was trinken?"
„Nein, sei mir nicht böse. Ich habe noch einen Termin. Leider." Bedauernd sah er sie an. „Soll ich dich nach Hause bringen?"
Sekundenlang war Silke irritiert von diesem Blick. Sie schüttelte sich kurz.
„Nein fahr du mal, ich bleibe noch etwas hier sitzen. Und lass bitte dein Geld stecken. Das geht auf meine Rechnung," forderte sie.
Frank bedankte sich, nahm sie kurz in den Arm und drückte einen Kuss auf ihr Haar.
Er ließ eine verwirrte, nachdenkliche Silke zurück.

19 Uhr

Suderwich / Klaus & Jan

Die beiden Männer waren nach ihrem Besuch bei der Polizei am Nachmittag wieder in Sonjas Wohnung. Der Anruf, in dem Klaus gebeten worden war, eine weibliche Leiche zu identifizieren die Sonja ähnlich war, hatte ihm trotz allem total unerwartet erreicht.
Klaus blieb jetzt bei seinem Sohn. Der Junge war total neben der Spur. Klar er hasste seine Mutter für vieles, gleichzeitig liebte er sie aber. Dass sie jetzt nicht mehr wieder kam, verstörte Jan. Besonders, weil sie das Opfer einer Straftat war. Es verwunderte beide nicht bei ihrem Lebensstil, aber das machte es nicht leichter.
Vater und Sohn führten ernste Gespräche. Morgen gab es einen Termin bei der Polizei, die weitere Fragen hatten. Heute brauchten sie Zeit, um erstmal den Schock zu überwinden. Besonders der junge Mann.

20 Uhr

Süd / bei Ulla zu Hause

Ulla saß zerstreut in ihrer Küche und rauchte eine Zigarette nach der anderen. Das Gespräch bei der Polizei hatte sie mitgenommen. Nicht wegen Walter, aber es gab mittlerweile drei weitere Tote. Ihr waren Bilder gezeigt worden. Bei dem einem war sie aufmerksam geworden. Woher sie den Mann kannte, blieb ihr jedoch ein Rätsel. Intensiv dachte sie nach, doch es war verhext. Ihr fiel der Name nicht ein. Sie drehte die Visitenkarte in ihrer Hand. Sie war von Hauptoberkommissar Klauster, falls sie sich erinnerte oder ihr sonst noch was einfiel.

Drei Stunden hatte sie im Polizeipräsidium verbracht. Der gutaussehende Mann kam ihr in den Sinn, der mit seinem erwachsenen Sohn vor dem Zimmer gesessen hatte. Der Jüngere sah verweint aus. Der Ältere kam ihr ebenfalls bekannt vor. Aber woher.
Und da war die rothaarige Frau, die zusammen mit einem Obdachlosen vor dem Raum gewartet hatte.
Langsam bekam sie durch das Grübeln Kopfschmerzen. So beschloss sie, sich früh schlafen zu legen.

21 Uhr

König-Ludwig / bei Tina zu Hause

Tina war zwiegespalten, wusste nicht, was sie fühlte. Martin war tot. Sie hatte ihn identifiziert, nur kurz sein Gesicht gesehen. Schon das hatte gereicht. Er schien gelitten zu haben. Sie waren mit Unterbrechungen 26 Jahre zusammen, hatten einen gemeinsamen Sohn. Eric. Sie musste ihn informieren. Aber wie? Er wohnte in Recklinghausen, nur wo. Er wollte mit ihr und seinem Vater nichts zu schaffen haben. Wegen der Sauferei, der Platte und der Prügel, die Martin austeilte und Tina hinnahm.

Die Frau war absolut überfordert mit der Situation, nahm sich ein Bier und trank. Lachte, weinte und legte sich nach weiteren Flaschen ins Bett. Sie war betrunken, das half ihr beim Einschlafen.

22.30

Quellberg / Person X

Der Wagen mit dem Hänger fuhr langsam von Straße zu Straße. Endlich wurde der Fahrer fündig. Sperrmüll.

Der Beifahrer trug schmuddelige Jeans und roch nach Alkohol. Die Person gab dem Mann Handschuhe und zog ebenfalls welche an. Zu zweit hievten sie die große weiße Gefriertruhe schweratmend auf das Rollbrett, das sie auf den Boden gestellt hatte. Der Hänger wurde direkt verschlossen. Sie schoben die Truhe zu dem Haufen alter Möbel an den Straßenrand. Dort schubsten sie diese auf den Bürgersteig. Schnappten sich das Brett und rannten zum Auto. Sofort stiegen sie ein. Der junge Mann nahm einen großen Schluck aus einer Schnapsflasche.

Die Person brachte ihn zurück zur Platte, gab ihm zwanzig Euro und fuhr kurz grüßend Richtung Heimat.

In der Doppelgarage wurde der Innenraum des Hängers gereinigt. Die Gestalt zog die Schutzkleidung aus und stieg nochmal in das Auto, um diese und die Folien loszuwerden.

Tag 18

Dienstag

9 Uhr

Grullbad / bei Horst zu Hause

Horst saß vor seinem PC. Es klingelte. Schnell lief er zur Tür. Seine Lebensmittel wurden geliefert. Er bedankte sich und packte alles aus. Dabei bemerkte er die kleine schwarze Karte, die an einem Liter Milch hing.
Er schluckte. Schon wieder eine. Rasch entfernte er sie von der Packung, starrte darauf. Ihm wurde gleichzeitig warm und kalt, ein flaues Gefühl machte sich in seinem Magen breit.

Geschockt fragte er sich, was das zu bedeuten hatte.

Todestag:

Schnipp, schnapp,

schnipp, schnapp!

Übelkeit stieg in ihm auf.
Rasch lief er in die Küche, schenkte sich einen Schnaps ein und trank diesen mit einem Schluck. Er schüttelte sich und

nahm noch einen zweiten und dritten.
Er war verwirrt.
Panisch leerte er die halbe Flasche Korn. Langsam fühlte er sich besser. Durch den Alkohol fühlte er sich unbesiegbar und setze sich erneut vor den PC.

10 Uhr

Stadt / bei Silke zu Hause

Silkes Gedanken hingen bei Frank, dem Treffen vom Vortag sowie der Vergangenheit.
Sie waren damals wahnsinnig verliebt.
Langsam begriff sie, dass ihre Unsicherheit die Situation mit beeinflusste. Dass es die Trennung nur gab, weil sie ihm nicht zugehört hatte. So wie jetzt fast schon wieder.
Ihr Leben an seiner Seite, ein anderes, vielleicht ein Glücklicheres?
Es war müßig, darüber nachzudenken. Mittlerweile war sie zufrieden mit dem, was sie besaß. Sie hatte Negatives und Positives erlebt. Und die Kinder waren ihre Welt. Was brauchte sie mehr?

Sie nahm die Recklinghäuser Zeitung zur Hand.

>Zwei weiterer Leichen aufgetaucht

hieß die Schlagzeile des Tages.
Silke las den Artikel. Es gab wenig Details. Nur Fundorte. Und dass die Polizei noch keinen Zusammenhang zwischen den Opfern herstellen konnte. Aber davon ausging, dass es sich um einen Serienkiller handelte.
Bei Hinweisen an die zuständigen Beamten melden. Eine Telefonnummer folgte.

Silke legte die Zeitung zur Seite und setzte sich an ihren Schreibtisch. Es fiel ihr schwer, sich zu konzentrieren. Sie rief Klaus an, hörte nur die Mailbox. „Hey ich bin es. Weißt du schon was Neues? Melde dich bitte bei mir, wenn du Zeit hast. Ich bin heute den ganzen Tag erreichbar“ Sie legte auf.

12 Uhr

Polizei / Tina
Klaus & Jan

Tina saß verkatert in einem Raum mit Udo Bänder. Ihre Aussage ging schnell. Sie erzählte alles über Martin, berichtete aber direkt, das sie niemanden kannte, der so etwas machte. Sie erwähnte die schwarze Karte, die sie im Flur gefunden hatte.
Der Beamte bat sie zu Hause nachzusehen, ob diese noch da sei. Zu den drei anderen Opfern, wusste sie nichts zu sagen, kannte sie nicht. Bänder entließ die Frau nach einer Stunde.

Klaus und Jan saßen bei Steffen Klauster im Büro. Sie sprachen über Sonja. Ganz offen berichteten sie von ihrem Charakter. Redeten davon, wie sie sich anderen Menschen gegenüber verhalten hatte. Das ergab kein gutes Bild von der getöteten Frau.

Udo Bänder betrat zwischendurch den Raum, fragte nach, ob sie etwas von Karten wüssten. Jan nickte direkt. Ja seine Mutter hatte sie kurz erwähnt und er hatte kleine Schwarze in der Küche liegen sehen, sie jedoch nicht weiter beachtet, also auch nicht gelesen. Klauster bat den Jüngeren, diese zu holen. Er erklärte sich dazu bereit. Bänder zeigte Fotos der anderen Opfer. Klaus schluckte.

Irgendwie kamen ihm zwei der Männer bekannt vor, er konnte sie aber nicht einordnen. Oder wollte er es nicht?

Knapp anderthalb Stunden verbrachten sie bei der Polizei, dann waren sie fürs Erste fertig.

15 Uhr

Grullbad / Horst

Horst starrte auf sein Auto. Es stand auf dem Hof.
Empört schrie er. „Was zum Teufel soll das?“
Er verstummte. Hoffentlich hatte ihn niemand gehört.
Wenn das jemand sah.
Mit großen, tiefroten Buchstaben stand auf seinem weißen Wagen:

Ich sag es meiner Mama!

Horst stutzte. Er hatte diesen Satz schon mal gehört. Aber wo?
Der Schlag in die Knie streckte ihn nieder. Ein Lappen wurde gegen seinen Mund gepresst.
Er sackte komplett in sich zusammen und verlor das Bewusstsein.

16 Uhr

Stadt / bei Silke zu Hause

Sie saß noch immer an ihrem Schreibtisch, hatte Mühe sich zu konzentrieren. Ihr Telefon klingelte. Sie nahm ab.
„Hallo Klaus. Ich habe auf deinen Anruf gewartet,“ sprach sie in den Hörer.
„Hallo Kleines.“ Er stockte. Leise sagte er: „Sonja ist tot. Sie wurde wohl Opfer dieses Serienkillers,“ er wirkte überfordert.
„Oh man scheisse,“ entfuhr es Silke geschockt. „Kann ich irgendetwas für euch tun?“
„Nein im Moment nicht. Jan ist zwar fertig, aber nach unserer Aussage, hat er sich einwenig beruhigt. Ihm wurde nochmal vor Augen geführt, wie seine Mutter so drauf war,“ Sagte er leise
„Und wie geht es dir?“ wollte Silke wissen.
„Nunja, das habe ich ihr nicht gewünscht. Ich bin auch wirklich geschockt. Aber ganz ehrlich, es bricht mir nicht das Herz,“ gestand er.
Silke nickte für sich. „Ja das verstehe ich, brauche nicht weiter darüber nachdenken um zu wissen das es mir ähnlich geht,“ gestand sie.
Die Freunde unterhielten sich eine weitere halbe Stunde, in der Klaus nicht erwähnte, dass er zwei der anderen Opfer erkannt hatte. Das würde er ihr persönlich sagen. Sie beendeten das Gespräch.

Silke fuhr ihren Rechner runter. Langsam lief sie in die Küche und kochte sich einen Kaffee an dem

Kaffeevollautomaten, ein Geschenk ihrer Kinder.
Nachdenklich setzte sie sich an den Tisch. Ein Gedankenkarussel fing an sich zu drehen.
Frank, die Morde, Karina, Jochen und das Gefühl verfolgt zu werden.
Verwirrt rief sie Marion an und bat um ein Gespräch. Sie verabredeten sich für 20 Uhr in der Cubar.

17 Uhr,

Wohnung X / Horst

Horst öffnete die Augen.
Um ihn herum war alles dunkel. Nur in der Ecke war ein Licht, nicht hell, aber es reichte, um zu erkennen, dass der gespenstisch wirkende Raum klein war. Fensterlos. Er zitterte vor Angst.
Seine Hände waren gefesselt, genau wie die Beine.
Ein Quietschen durchbrach die ohrenbetäubende Stille. Er starrte zu der Tür, die sich öffnete, und wieder schloss. Es wurde hell.
Ein Schrei entfuhr ihm, eine schwarz gekleidete Gestalt näherte sich.
Lautes Lachen erklang. „Spar dir deine Energie Horst. Hier hört dich niemand."
„Wer sind Sie? Was wollen Sie von mir?" Er hatte Angst.
Kalte blaue Augen schauten ihn an. „Du ahnst nicht, warum du hier bist? Das glaube ich dir nicht. Du weißt genau, was du getan hast.
Erinnere dich: Ich sag es meiner Mama," spottete die Gestalt.
„Ich ... nein, ja Silke, aber das ist ewig her," versuchte er sich zu verteidigen.
„Nicht nur sie und nein, es verjährt nicht, nicht bei mir. Zeit das du deine gerechte Strafe erhältst," grinste die Person hämisch.
Jammernd drehte Horst seinen Kopf hin und her.

„Nein bitte, lassen sie mich los. Ich bin heute ein anderer Mensch," schwor er.
Wieder erklang Lachen, kalt und hart. „Ich war nicht untätig. Du bist immer noch auf Kinder scharf. Ich habe dich beobachtet, sogar unter falschen Namen mit dir gechattet. Also akzeptiere deine Strafe. Nimm sie an wie ein Mann, nicht wie ein Jammerlappen." Mehr Antwort erhielt der Mann nicht.
Stattdessen bekam er etwas in den Mund gestopft. Dieser wurde mit Panzertape verklebt. Kurze Zeit kämpfte Horst mit seiner Luftnot, bis er begriff durch die Nase zu atmen. Geschockt blickte er die Person an, deren Augen keine Gnade versprachen.
Horst schrie, innerlich. Die erste Fingerkuppe, direkt am Gelenk abgeschnitten, landete in einer Blechschüssel. Zwei, drei ... Blut tropfte auf den Boden.
Sein Kopf flog hin und her, weit aufgerissene Augen vor Schmerz und Panik mit Tränen gefüllt. Endlich, sanfte Ohnmacht erreichte ihn.
Sein Peiniger hielt ihn eine kleine Flasche unter die Nase. Hustend schlug Horst die Lider auf, die Angst kam augenblicklich zurück. Bettelnd sah er erneut in dieses stählerne Blau. Umsonst. „Hast du jemals aufgehört, wenn dich eins deiner Opfer darum gebeten hat? Ich bezweifle es. Die, von denen ich weiß verneinen das. Also bitte ..." sagte die Gestalt ernst.
Fingerkuppe vier und fünf folgten.
Leid, Tränen, stumme Schreie und dann wieder Ohnmacht.

Horst kam zu sich, langsamer, ohne Hilfe. Fühlte sich sehr schwach. War es vorbei? Er sah sich um. Da an dem kleinen Tisch stand die Person, die er nicht kannte. Diese

bemerkte seinen Blick und kam zu ihm. Er schaute erstaunt. „Da bist du wieder, lass uns weitermachen. Die erste Hand ist geschafft, fast. Aber damit du mir hier nicht zu schnell verreckst, werde ich mich jetzt um die Blutungen kümmern.“
Horst spürte die Nadel, schmerzerfüllt hob er den Kopf. Sah wie die Person die Haut an den Gelenken zusammennähte. „So fertig. Wir sehen uns gleich wieder.“ Schritte. Das Quietschen der Tür zeigte dem Mann, dass er alleine war. Er hoffte auf etwas Ruhe.

Erschöpft nahm sich die Person einen Kaffee. Die Wochen waren ermüdend und anstrengend. Aber bald war alles erledigt. Die Menschen, die meinten, sie könnten Andere wie Dreck behandeln, sie zerstören, benutzen und missbrauchen, hatten fast alle ihre gerechte Strafe erhalten. Natürlich, es gab Gerichte. Aber entweder waren die Strafen viel zu gering, oder die Taten bereits verjährt. Manche Sachen waren ziemlich übel, doch nicht strafbar. Nein das Gesetz war nicht immer in der Lage für Gerechtigkeit zu sorgen. Da war sich die Person sicher. Es war nicht einfach, weder psychisch noch körperlich, aber erforderlich für die Opfer dieser Menschen. Langsam füllte die Gestalt die Tasse erneut auf, trank sie in kleinen Schlückchen aus und stand auf.

Horst lag unsicher auf der Liege, sah zum wiederholten Mal auf die große weiße Uhr ihm gegenüber. Seit genau zwanzig Minuten war nichts mehr passiert. Er war nervös und hatte starke Schmerzen. War es vorbei? Nein das konnte er nicht glauben. Er würde heute sterben, das war ihm klar. Aber was bereitete ihm mehr Panik, der nahende

Tod oder weitere Schmerzen. Er brauchte nicht lange überlegen, hoffte darauf es bald hinter sich zu haben. Dieser Gedanke ließ seine Angst ins unermessliche steigen. Das Quitschen der Tür schreckte ihn aus seinen Gedanken. Sein Blick ging zur Tür, verwirrt und ängstlich. Die Person näherte sich schnellen Schrittes. „So jetzt können wir weiter machen. Bist du bereit?" fragte die Person fies. Panisch schüttelte Horst den Kopf. „Hör zu, du hast so viel Kinderseelen zerstört, das muss bestraft werden," urteilte sie

Die Person griff nach der linken Hand, schnitt die erste Fingerkuppe ab, das Blut lief rasch auf die Liege und den Boden ... Die zweite folgte. Stumme Schreie füllten den Raum. Horst verdrehte die Augen, alles wurde schwarz. Er bekam einen Schlag ins Gesicht, entsetzt schaute er auf. Er sah ein Nicken und zufriedenes Lächeln. Weitere Schnitte folgten. Kuppe drei und vier landeten in der Metalldose.

„So deine Hände sind fertig." Mit einer letzten Kraftanstrengung kam der Daumen zu den anderen Fingern. Du hast es gleich geschafft. Das Nähen sparen wir uns dieses Mal.

Er spürte Hände an seinem Unterleib, entsetzt schüttelte er sich, dann kam der Schmerz. Sturzbäche flossen aus seinen Augen. Er blutete extrem.

Ohne Vorwarnung wurde das Panzertape vom Mund entfernt und die Socke rausgerissen. Möchtest du etwas sagen, ehe wir zum Finale kommen? Der verzweifelte Mann nickte. „Es tut mir leid, wirklich."

„Das mein Lieber ist jetzt vielleicht dein Ernst. Aber es kommt zu spät. Und hilft deinen Opfern nicht mehr."

„Bitte verschone mich." Todesangst sprühte aus seinen Augen.

„Nein, das ist unmöglich.“ Hart klangen die Worte nach. Ehe der Mann begriff, was geschah, landete ein großes Stück Zunge zu den anderen Körperteilen in der Schüssel. Erneut kam die helfende Ohnmacht.

Horst wurde auf die Seite gelegt.

Es wurde dunkel. Er war allein.

20 Uhr

Cubar / Silke & Marion

Die Frauen saßen in der Cocktailbar. Silke hatte ihre Freundin in dem Gespräch am Telefon bereits erzählt, was sie von Klaus erfahren hatte. Spontan war Marion der Gedanke gekommen, sich hier zu treffen. Beide tranken einen alkoholfreien Cocktail. „Eigentlich bräuchte ich echt was Stärkeres. Aber dass lasse ich mal lieber."

„Genau richtig. Das bringt nichts und macht nur einen dicken Kopf." Marion lächelte leicht. Silke sprach jetzt auch von ihren eigenen Ängsten. „Du musst dir klar werden, ob wir nicht doch zur Polizei sollten."

Silke nickte „Ach ich glaube, wenn ich das nächste mal das Gefühl habe verfolgt zu werden, gehen wir direkt dorthin." „Aber warum willst du noch warten Süße. Wir könnten das jetzt auch spontan erledigen." Sorgenvoll schaute Marion sie an. „Ach ne lass mal. Ich bin wirklich noch zu aufgewühlt von allem. Aber ich verspreche dir, das wir gehen werden, wenn noch mal was ist. Jetzt bin ich nur froh, dass ich dich angerufen habe." Genüsslich nahm sie einen großen Schluck. „Zu Hause wäre ich aus dem Grübeln nicht rausgekommen."

Marion bestellte eine weitere Runde bei Chris. „Dafür sind Freundinnen da. Ich nehme dich beim Wort. Zur Not

schleife ich dich zur Polizei.“ Silke lachte. „Ja das traue ich dir zu.“
„Das kannst du auch. Okay lass uns versuchen, die trüben Gedanken zu vergessen und den Abend zu genießen.“
Silke nickte und lächelte Marion dankbar an.

23.30 Uhr

Marl / bei Frank zu Hause

Frank saß in seinem Arbeitszimmer und kümmerte sich um seine Buchhaltung. Er war erst vor einer Stunde nach Hause gekommen. Er hatte im Moment viele Aufträge. Das Geschäft lief gut, mit Silke wurde es besser. Er war glücklich über die Aussprache und freute sich auf Samstag. Klaus hatte ihn angerufen, er erzählte von Sonja. Er kannte sie kaum, nur das, was er gehört hatte, und das reichte ihm vollkommen. Um sie machte er sich keine Gedanken, der Junge war es, an den er dachte.

Sein Blick ging zu der Uhr an der Wand gegenüber dem Schreibtisch. Das angenehme braun beruhigte ihn stets. Es wurde Zeit, die Arbeit zu beenden.

Kurz überlegte er, Silke anzurufen, aber er schob es von sich. Soweit waren sie noch nicht, schon gar nicht um diese Uhrzeit. Er löschte das Licht.

Tag 19

Mittwoch

5.30 Uhr

Recklinghausen-Süd / Horst

Auf der kleinen Mauer vor dem Gebäude, saß ein Mann im gestreiften Bademantel.
Eilig rannte ein junger Polizist zu diesem, um mit ihm zu reden und zu helfen.
„Hallo, hören sie mich?“ Keine Reaktion. Der Beamte berührte ihn leicht an der Schulter, die Person kippte zur Seite. Der Mantel öffnete sich. Erschrecken!
Er verständigte seine Kollegen. Es wurde laut bei der kleinen Polizeistation.
Das Schild um dem Hals des Toten ließ ihn blasser erscheinen. Schwarz mit roter Schrift wie bei den anderen Opfern.

Ich stelle mich!

Eine kleine Metalldose lag vor dem Mann.
„Langsam wird unser Täter dreist.“
Der diensthabende Chef Prosse aus Süd gab der Kripo Bescheid, zog Handschuhe an, machte Fotos und hob sie

hoch. Er öffnete die Dose. Dem jungen Polizisten der neben ihm stand wurde schlecht, er drehte sich weg. Prosse verschloss sie und brachte sie vorläufig ins Dienstgebäude, stellte sie kühl. Sie riegelten den Ort ab. Dreißig Minuten später fuhren Kriminaloberkommissar Klauster und sein Partner Udo Bänder vor und übernahmen die Leitung.

10 Uhr Radio Vest

Es gab eine Sondersendung, aufgrund des Fundes, einer weiteren männlichen Leiche. Die Moderatoren mutmaßten darüber, wann die Polizei sich an die Bevölkerung wenden würde.

„Das meine lieben Hörer kann nicht mehr so lange dauern. Es wird Zeit das wir Bürger und Bürgerinnen vernünftig informiert werden. Bleiben sie wachsam und scheuen sie sich nicht davor, die Polizei zu informieren, wenn etwas geschieht, was nicht normal ist.“

Musik erklang.

13 Uhr Grullbad

Beate versuchte, seit gestern Nachmittag Horst zu erreichen. Er war nicht zu Hause und ging nicht ans Handy. Und dann sein Auto das im Hof stand. Die Nachbarn zerrissen sich die Mäuler über den Mann. Der Satz auf dem Wagen heizte die Stimmung gegen ihn auf. Heute Morgen die Nachrichten ließen sie nichts gutes erahnen. Beate stieg in ihren Mini, fuhr nach Süd zur Polizei. Dort erklärte sie ihr Anliegen. Die Polizisten riefen kurz im Präsidium an. Zeigten ihr dann ein Foto. Laut weinend identifizierte sie Horst.
„Ist es ihnen möglich, zur Stadt zu fahren, um mit den beiden Kommissaren zu reden, die für diesen Fall zuständig sind?"
Beate nickte. „Und was ist mit dem Wagen von Horst?" wollte sie traurig wissen.
„Darum kümmern wir uns. Wenn Sie nach Hause kommen, ist er nicht mehr da," versicherte ihr der Polizist.

Fünfzig Minuten später saß sie den Kriminaloberkommissaren Klauster und Bänder gegenüber.
Sie erzählte ihnen alles, was sie wusste, ließ auch den Zettel nicht aus, indem er als Kinderschänder bezichtigt worden war. Sie berichtete von dem Auto und den Nachbarn, die Horst vorverurteilt hatten.
Auch ihr wurden Fotos der anderen Opfer gezeigt. Sie war geschockt, kannte jedoch niemanden darauf.

Traurig und verstört fuhr sie nach Hause.

Die Polizisten überprüften und bearbeiteten die Aussagen.

Fuhren mit einem Team nach Grullbad, in Horsts Wohnung. Nahmen alles Wichtige mit und fanden die schwarzen Karten.
Im Präsidium verglichen sie diese mit den anderen, die sie mittlerweile erhalten hatten.
Langsam fügten sich Puzzleteile zusammen.

18 Uhr,

Ost /Silke...

Die Selbsthilfegruppe war an diesem Tag weniger besucht, wie sonst.
Karina Sonntag sah die Anwesenden an.
„Wir werden heute nicht mehr. Viele haben abgesagt. Wegen der Morde der letzten Zeit. Wie erlebt ihr das?“
Sofort gab es eine heftige Diskussion.
Die Polizei hielt sich bedeckt. Jeder hatte seine eigene Theorie.
„Ich weiß nicht, ob es was damit zu tun hat, aber ich glaube ich werde seit Wochen verfolgt.“
Silke sah bedrückt in die Runde.
„Irre ich mich? Bin ich ins Fadenkreuz dieses Killers geraten? Oder was muss ich davon halten?“ fragte sie ängstlich.
Karina sah sie ernst an.
„Ich weiß nicht, ob das etwas miteinander zu tun hat, bin mir aber ziemlich sicher, dass es nicht so ist. Frag mich nicht warum, es ist einfach so ein Gefühl.“ Sie sah Silke nachdenklich an. „Aber vielleicht solltest du trotzdem zur Polizei gehen.“
„Na ich weiß nicht? Ich bin mir ja nicht mal klar darüber, ob was dran ist. Außerdem glaube ich, dass die im Moment wichtigeres erledigen müssen,“ erwiderte Silke.

„Deine Sicherheit ist auch wichtig Silke," stellte Karina klar.
„Denen sind doch eh die Hände gebunden," warf Marion ein. „Solange nichts passiert, können die nichts machen."
„Ja das stimmt im Normalfall. Aber wie das jetzt im Moment ist, wissen wir nicht." Nachdenklich sah Karina die Freundinnen mit ihren blauen Augen an.
„Achtet aufeinander." Sie schaute sich um.
„Damit meine ich euch alle."

22 Uhr

Wohnung X

Die Person lief beschäftigt durch den kleinen Raum und entfernte Folien, diese kamen in verschiedene Müllsäcke, ebenso die zerschnittene Kleidung. Zwischendurch gab es heißen Kaffee, eine Pause war nötig.
Werkzeuge wurden gereinigt, der Tisch und die Liege auch.
Neue Folie wurde befestigt, kein Teil wurde ausgelassen.
In dem größeren Zimmer wurden die Fotos von Horst abgenommen, die Karteikarten geschreddert. Das Whiteboard wurde gereinigt und neu beschriftet.
Zufrieden nahm sie den Müll mit raus, zog sich aus und setzte sich ins Auto.

Tag 20

Donnerstag

10 Uhr

Stadt / bei Silke zu Hause

Gemeinsam frühstückte Silke mit ihren beiden Töchtern und Leon.
„Also mein Dad ist wie umgewandelt. Er ist richtig zufrieden, weil endlich wieder Kontakt zwischen euch besteht. Er hofft auf eine Freundschaft.
Erstmal."
Silke wurde rot. Leon lächelte.
„Ja, ich bin auch erleichtert. Manchmal bin ich aus lauter Verbohrtheit zu stur, um meine Meinung zu ändern. Aber ich bin wirklich froh mich überwunden zu haben, mit Frank zu sprechen," gestand sie.
Sie sprachen einige Zeit miteinander und räumten gemeinsam auf.
Die Kinder verabschiedeten sich, sie fuhren zu einem Konzert nach Köln.
„Bis morgen, viel Spaß und passt auf euch auf."
Die Tür fiel ins Schloss.

Silke setzte sich an ihre Arbeit. Es klingelte.
Langsam lief sie zur Tür und öffnete. Überrascht sah sie Frank an, der ihr einen Strauß Rosen entgegenstreckte.

Er sah sie entschuldigend an. „Sei mir nicht böse. Ich musste dich sehen."
„Komm rein." Sie nahm die Blumen und roch an ihnen. Wie immer dufteten sie besonders intensiv. Er schloss die Tür und folgte ihr in die Küche. Sie stellte die Rosen in eine Vase, packte sie auf den Tisch und drehte sich zu ihm um.

„Möchtest du etwas trinken?" fragte sie.
„Nein ich wollte dir nur die Blumen bringen, persönlich. Ich freue mich auf Samstag." Er lächelte sie an und lief langsam auf sie zu.
Silke verlor sich in seinen Augen. Er nahm sie in den Arm, was folgte, war ein erster, zärtlicher Kuss. Leicht streichelte er ihr über die Haare. „Du sollst wissen, was auch immer passiert, du bist mein Leben." Verwirrt schaute sie ihn an. „Ich muss wieder los. Wir sehen uns Samstag. Ich melde mich bei dir." Silke brachte ihn zur Tür. Aufgewühlt blieb sie einige Zeit im Flur stehen.

13 Uhr

Hochlarmark, Arbeitsplatz / Thomas

Er kaufte die Zeitung in seiner Mittagspause.

Kartenmörder – Polizei bittet um Mithilfe

lautete die Schlagzeile.

Mit Interesse aber immer angespannter las Thomas den Artikel. Sorgenvoll runzelte er die Stirn. Eilig lief er zu seinem Chef Theo Berne.
„Hör zu, ich brauche dringend frei."
Er hielt ihm die Zeitung vors Gesicht und holte die zwei Karten aus seiner Jeans.
„Ich muss unbedingt zur Polizei."
Geschockt sah ihn der andere an. „Ja ich habe das gelesen. Woher hast du die Karten?"
Aufgeregt berichtete Thomas ihm alles. Seine Stimme überschlug sich. „Ich kriege langsam echt Panik," gestand er. „Olaf hatte mir gesagt ich solle zur Polizei, aber ich wollte erst mit Nora reden. Die kommt aber erst Morgen zurück. So lange kann ich jetzt nicht mehr warten."
„Komm mit, ich bringe dich hin. So kannst du auf keinen Fall fahren."
Theo begleitete den zitternden Mann ins Freie.
„Danke das du mich fährst."
„Na kein Ding."

Dass er seinen Freund lieber nicht allein ließ, erwähnte er nicht.

Knapp eine halbe Stunde später saß Thomas zusammen mit Theo bei Steffen Klauster und Udo Bänder im Büro. Am Eingang hatte er die zwei Karten und die Zeitung vorgelegt. Das hatte gereicht.
Ihm wurden Bilder der fünf Opfer gezeigt. Thomas schluckte. Vier davon kannte er, nur Lars war ihm fremd. Er berichtete, in welchen Zusammenhang sie standen, sprach von Silke und ihrer Verbindung.
Klauster sah ihn an. „Denken Sie, dass Ihre Ex-Frau was damit zu tun haben könnte?"
„Nein auf keinen Fall. Sie ist zu so etwas gar nicht fähig. Außerdem wir haben zwar kaum Kontakt, aber ich weiß, sie würde mir nichts antun. Schon allein wegen der Kinder," stellte er klar.
„Sie wissen gar nicht was es alles gibt", warf Bänder ein.
Theo mischte sich ein. „Warum in Gottes Namen hätte Frau Rügen so lange auf ihre Rache warten sollen?"
„Das wäre herauszufinden ..." Bänder sah die Männer, ernst an. Thomas schüttelte den Kopf. „Bitte versteifen Sie sich nicht auf meine Ex. Sie war das sicher nicht," betonte er noch einmal.

Drei Stunden später verließ er mit seinem Freund das Polizeipräsidium.
„Was denkst du Thomas?"

„Ich überlege, ob ich Silke benachrichtigen sollte? Damit sie gewarnt ist," er wirkte nachdenklich.
Theo nickte zustimmend. „Ja ruf sie am besten direkt an."
Der Mann wählte die Nummer seiner Ex-Frau.
„Hm nur die Mailbox ... Hallo Silke. Hier ist Thomas, ich war heute bei der Polizei. Ruf mich bitte an, wenn du das abhörst. Es ist wirklich wichtig." Er zuckte die Schultern. „Mehr kann ich jetzt nicht machen."
Theo fuhr mit seinem Freund zu ihm nach Hause. „So hol dir schnell Wäsche zum Wechseln und dann kommst du mit zu mir." Thomas nickte.
„Danke das ich auf dich zählen kann. Grade jetzt, wo meine Frau nicht da ist. Allein sein möchte ich im Moment nicht," gab er zu.

16 Uhr

Cubar / Silke & Marion

Die Freundinnen saßen bei einem Glas Krefelder und sprachen über Frank.
Silke strahlte bei den Gedanken an ihn.
„Du bist verliebt, sei ehrlich," grinste Marion.
„Er lässt mich nicht kalt, das gebe ich zu. Seine blauen Augen ziehen mich magisch in den Bann. Das war früher schon so. Und er lässt mich meine trüben Gedanken vergessen. Er war übrigens heute bei mir," erzählte Silke.
„Das sagst du erst jetzt?" Marion war gespielt empört. „Komm erzähl."
Sie sprach von den Rosen und erwähnte den Kuss. Silke wurde rot. „Es war unglaublich schön," schwärmte sie.
Der Kellner brachte ihnen Nachos mit Käsesoße. Wie immer hatte er ein Lächeln im Gesicht.
„Darf es sonst noch etwas sein?"
„Nein danke Chris." Marion grinste. „Wir sind wunschlos glücklich."
Er verneigte sich leicht und verließ die Freundinnen.

Suchend sah Silke in ihren kleinen Leder-Rucksack. „Ich glaube, mein Handy liegt zu Hause. Verdammt," es ärgerte sie ein wenig.
„Macht doch nichts, ich bin doch hier." Lachend sah Marion sie an. „Ich versteh dich. Wegen Frank," neckte sie ihre Freundin.
„Nicht nur, aber ja. Ich gebe es zu," gestand Silke kleinlaut.
Sie redeten, lachten und genossen den Abend.

Es war gemütlich und endlich mal sorgenfrei. Marion rief gegen 22 Uhr ein Taxi. Sie fuhren nach Hause.

22.30 Uhr

Stadt / bei Silke zu Hause

Silke steckte den Stick in ihre Anlage, leise erklang ihre Lieblingsmusik.
Sie kuschelte sich mit einem Glas Wein auf die gemütliche Couch. Nahm ihr altes Fotoalbum zur Hand, holte Franks Bild raus. Sie sah ihn verträumt an.
Langsam stellte sie ihr leeres Glas auf den Tisch und griff nach der Recklinghäuser Zeitung. Die Schlagzeile ließ sie neugierig den kompletten Artikel lesen. Schockiert nahm sie ihr Handy zur Hand und hörte ihre Nachrichten ab. Panisch sah sie auf die Uhr. Zu spät, um Thomas anzurufen. Nora würde sie töten, diese mochte Silke eh nicht. Aber es war überhaupt zu spät, um noch jemanden zu stören.
Aufgewühlt nahm sie das Foto und löschte das Licht. Vergaß die Musik, eilte zur Tür, schloss diese ab. Huschte ins Bad und dann in ihr Bett. Gegen ihre Vermutung nicht einschlafen zu können, fiel sie schnell in einen traumreichen Schlaf.

Tag 21

Freitag

12 Uhr

Stadt / bei Silke zu Hause

Silke erwachte durch das anhaltende Klingeln.
Entspannt wie schon lange nicht mehr, stand sie auf und öffnete beschwingt die Wohnungstür.
Marion lächelte sie an. „Hallo du Schlafmütze. Ich habe auf dich gewartet."
Sie trat ein, mit einem leichten Schubs flog die Tür ins Schloss. Die Frauen eilten zum Wohnzimmer.
„Es ist mittags, dazu ein warmer, sonniger Tag und du läufst noch im Schlafanzug rum."
Sie lachte. Das geöffnete Fotoalbum zog ihren Blick an.
„Ach Silke, warum schaust du dir das immer wieder an? Das weckt nur böse Erinnerungen."
Kopfschüttelnd trat sie auf ihre Freundin zu, diese lächelte nur.
„Keine Angst. Es ist alles gut. Ich muss dir unbedingt erzählen, was ich Verrücktes geträumt habe."
Erwartungsvoll nahm Marion auf dem großen flauschigen Sessel Platz. Silke lief auf und ab.
Räusperte sich. „Ich habe heute Nacht im Traum erlebt, wie es ist frei zu sein. Ich habe die Menschen, die mir nicht

gut gesinnt waren, umgebracht. Erschreck bitte nicht, es ist ja nicht wirklich so.
Sie erzählte vom ersten Mord an ihrem Erzeuger, der nach der Hochzeit geschah. Berichtete von den weiteren Morden und ihrer Aussage bei der Polizei. Die Freundinnen sahen sich an.
„Silke... “ unterbrach Marion sie.
„Lass mich bitte erst zu Ende erzählen.
Du weißt, diese Menschen gehören zu meinem Leben. Zu den schlechten Momenten. Aber durch diesen Traum habe ich das erste Mal das Gefühl völlig frei zu sein.“
Marion erhob sich, nahm die Zeitung von der Couch. Sie hielt sie ihr entgegen.
„Ich habe den Artikel noch nicht gelesen. Deshalb frage ich dich, war das wirklich alles nur ein Traum? Vielleicht hat sich einiges vermischt. Deine Aussage bei der Polizei, die es bis jetzt nicht gab. Personen die du durch deine Geschichte mit ihnen abgrundtief hasst. Die du deshalb ermordet wolltest, zumindest im Traum. Aber die Hochzeit, der Workshop, dein Gefühl beobachtet zu werden, soviel anderes hat stattgefunden. Tatsache ist in Recklinghausen sterben Menschen.“
Silke erschrak und nickte nachdenklich. „Ja du hast recht, es war wohl nicht nur ein Traum., zumindest nicht alles.“
„Wie kommst du auf deine Leute? Wer sind die Opfer? Steht darüber was in der Zeitung?“ Marion sah sie herausfordernd an.
„Ich weiß es nicht mehr, aber das lässt sich ja leicht überprüfen.“
Nervös nahm sie die Recklinghäuser Zeitung zur Hand. Las den Artikel vom Vortag. Ungeduldig schaute Marion sie an.
Es schellte. Automatisch lief sie Richtung Flur.

„Warte“ hielt Marion sie auf. „Nun sag schon. Was war es? Nur ein Traum oder doch ... Wirklichkeit?“
Blass sah Silke sie an.
„Beides.“

Erneut klingelte es ...

Silke eilte verstört zur Tür und öffnete einen Spalt. Zwei Männer hielten ihre Marken hoch. „Frau Rügen? Silke Rügen?“ Sie nickte. „Ich bin Kriminaloberkommissar Klauster und das ist mein Kollege Udo Bänder. Wir müssen mit Ihnen reden. Dürfen wir reinkommen?“ Wieder nickte Silke stumm, öffnete die Tür weit. Ließ die Beamten eintreten. Sie lief voran ins Wohnzimmer. Marion blickte sie an. Silke zuckte mit den Schultern, stellte ihrer Freundin die Männer vor. Ihr Handy klingelte. Entschuldigend bat sie die Polizisten, sich zu setzen, und eilte ins Schlafzimmer, nahm den Anruf entgegen.

„Kann ich Ihnen etwas zu trinken anbieten? Ach, verzeihen Sie, ich bin Marion Schulze, die beste Freundin von Frau Rügen.“ Die Männer verneinten.

„Mit Ihnen werden wir auch noch sprechen müssen, zu einem späteren Zeitpunkt.“ Sie nickte, hatte schon damit gerechnet. Silke kam zurück ins Wohnzimmer, setzte sich in den kuscheligen Sessel. „Also, was kann ich für Sie tun?“

„Wir ermitteln in dem Fall des sogenannten Kartenmörders. Sie haben sicherlich davon gehört."
„Ja wer hat das nicht, aber was hat das mit mir zu tun?"
Wir haben eine Aussage von Ihrem Ex-Mann. Der kannte vier der fünf Opfer und hat sie mit ins Spiel gebracht."
Udo Bänder legte den beiden Frauen die Bilder der getöteten Personen vor. Marion schluckte. Silke nickte. „Ja sie sind mir bekannt, alle."
Geschockt wirkte sie nicht.

„Wir sollten unser Gespräch auf später verlegen auf dem Revier. Damit wir Ihre Aussage aufnehmen können."
„Bin ich verdächtigt?"
„Im Moment sind alle verdächtigt, die unsere Opfer kennen." Klauster sah sie ernst an. „Seien Sie bitte gegen 15 Uhr im Polizeipräsidium." Wieder nickte Silke. Sie brachte die Beamten zur Tür.

Marion wartete im Wohnzimmer auf sie. „Du wirkst nicht überrascht, stand das alles in der Zeitung?"
„Da stand nur Sonja W. usw. Aber es war mir sofort klar. Deshalb wohl dieser Traum. Und der Anruf. Das war Thomas. Er hat mich vorgewarnt. Hat es gestern schon versucht."

„Wie sind die auf Thomas gekommen?" Marion runzelte die Stirn. Silke blickte sie ernst an. „Er hat sich selbst dort gemeldet. Weil er so Karten erhalten hat. Die, die auch jedes Opfer bekam." Nun wirkte sie sehr erschüttert. „Ich habe kaum Kontakt zu ihm, aber dass er offensichtlich das nächste Opfer werden sollte, macht mich fertig. Klar war

unsere Ehe schwierig, das weißt du. Doch das wünsche ich ihm nicht."
Ihre Freundin nickte. Sah sie an. „Hör zu, wir sollten uns Gedanken wegen unserer Aussagen machen. Vielleicht wäre es angebracht mit einem Anwalt zu reden. Ich denke die haben dich auf dem Kieker."
Nachdenklich sah Silke Marion an. „Ich glaube, du hast recht. Als erstes rufe ich Frank an. Er kennt viele Leute."
Sofort griff sie nach ihrem Handy. Der Mann nahm direkt ab. Sie erklärte ihm die Sachlage. Er versprach sich darum zu kümmern und sagte, dass er nachher vorbeikommen würde, um sie zur Polizei zu begleiten.

13.30 Uhr

Röllinghausen / bei Thomas zu Hause

Thomas saß zu Hause, erklärte Nora, was es Neues gab. „So jetzt weißt du alles. Am Anfang habe ich mir echt keinen Kopf gemacht. Aber mittlerweile habe ich wirklich Angst. Theo hat mich freigestellt. Und die Polizei fährt hier zwischendurch Streife.“ Seine Frau sah ihn an. „Meinst du nicht, das ist ein bisschen übertrieben?“ Unterkühlt wie immer.
Entrüstet starrte er sie an. „Das ist jetzt nicht wirklich dein Ernst, oder. Du weißt das es fünf Tote in Recklinghausen gibt.“
Verächtlich lachte sie. „Dafür ist wahrscheinlich deine Ex zuständig. Einwenig verrückt war die ja schon immer.“
Kopfschüttelnd sah er Nora an. Er war sauer. Holte ganz tief Luft. Beherrscht erwiderte er: „Lass Silke aus dem Spiel. Die hat weder mit den Karten noch mit den Morden etwas zu schaffen.“
„Ja das ist ja mal wieder klar, dass du sie verteidigst. Immer das gleiche.“ Missmutig schaute sie ihren Mann an. „Silke hier, Silke da. Sie kann alles besser. Bla bla bla.“
„Jetzt wirst du echt ungerecht. Du bist es doch, die Silke ständig schlecht macht. Ich rede kaum von ihr.“ Unwirsch schüttelte Thomas den Kopf. „Ich brauche dich im Moment. Und ich hoffe, du unterstützt mich. In allem, was jetzt auf uns zukommt.“ Genervt nickte Nora, verdrehte die Augen. Das übersah ihr Mann wohlweislich.

14.30 Uhr

Stadt / bei Silke zu Hause

Es klingelte. Marion öffnete die Tür. „Hallo, ich bin Silkes Freundin. Sie sitzt ziemlich nervös im Wohnzimmer. Gut, dass du kommst.“ Frank nahm sie kurz entschlossen in den Arm und lächelte sie ernst an. „Danke das du immer für sie da bist.“ Er folgte ihr, betrat zum ersten Mal den gemütlichen Raum. Hatte jedoch keinen Blick dafür, eilte zu Silke. Diese stand sofort auf und lief langsam auf Frank zu. Er nahm sie in den Arm, drückte einen kurzen Kuss auf ihr Haar.
„Ich bin so froh, dass du hier bist. Hast du was erreicht?“ ängstlich sah sie ihn an.
Der Mann nickte. „Kennst du die Kanzlei in Marl, am Stern?“
Silke atmete tief ein. „Oh ja, wer kennt die nicht. Aber sind die nicht viel zu beschäftigt?“ Erneut nickte Frank. „Ja, aber ich habe mit dem Anwalt gesprochen. Er sagt du sollst deine Aussage machen. Jedoch nur, wie du zu den Opfern stehst und was du mit ihnen erlebt hast. Damit die Polizei sich ein Bild von diesen Leuten machen kann.“

„Ja aber dadurch werde ich mit Sicherheit noch verdächtiger.“

„Das ist gut möglich. Doch die Polizei muss wissen, um was für charakterlose Menschen es sich handelt. Den Rest besprechen wir morgen bei dem Termin mit dem Anwalt."

„Ok, ich habe echt kein gutes Gefühl. Nicht, nachdem was Thomas mir erzählt hat." Sie berichtete kurz von dem Telefonat, das ihr Ex-Mann das Gefühl hatte, das sie Hauptverdächtige Nummer Eins sei.
„Hör zu, ich bin bei dir. Ab morgen auch der Rechtsanwalt. Du hast eine großartige Familie und Freunde. Vertrau mir, es wird nicht zur Anklage kommen." Er sah sie ernst an. „Ich kann es dir nicht versprechen, aber du bist nicht allein. Und erstmal bist du einfach eine normale Verdächtige, wie alle in deinem Umfeld es werden oder schon sind." Beruhigend strich er ihr über die Arme. Sah sie an. Sofort fühlte sie sich sicherer. Er hielt ihren Blick gefangen. „Ich passe auf dich auf. Vertrau mir". Silke nickte. Frank sah auf seine Armbanduhr. „Wir müssen los, damit du pünktlich da bist."

15 Uhr

Polizeipräsidium / Silke & Frank

Silke saß mit Frank den beiden Polizisten gegenüber. „Herr Hirsen, wir müssten Sie bitten, bei der Aussage von Frau Rügen draußen zu warten. Sie müssen auch vernommen werden."
„Ich habe heute mit ihrem Rechtsanwalt telefoniert. Der sagte mir, dass ich dabei bleiben kann, da Frau Rügen nur Angaben zu den Opfern machen wird. Alles andere erst im Beisein ihres Anwaltes, da Sie anscheinend schon vorgefasste Meinungen haben."
Klauster räusperte sich. „Natürlich das ist Ihr gutes Recht. Aber ich glaube Sie sehen das falsch."
Silke schüttelte den Kopf. „Ich habe mit meinem Ex-Mann telefoniert und er sagte mir, dass Sie mich zurzeit als Ihre Hauptverdächtige sehen. Ich bin bereit Ihnen alles über die Opfer zu erzählen und wie ich zu ihnen stand. Aber nur in Anwesenheit von Frank."
Bänder nickte. „Okay dann beginnen Sie bei ihrem Vater Walter Tolko."
Sie überlegte kurz. „Dieser Mann war nur mein Erzeuger. Der zweite Mann meiner Mutter war und ist für mich mehr Vater und guter Freund, wie Walter es nie hätte sein können." Eine kurze Pause, dann berichtete sie weiter. „Dieser Typ war einer der widerlichsten Menschen, die ich kenne. Er war nicht nur ein prügelnder Ehemann und ... Vater, sondern auch ein notorischer Fremdgänger.

Arbeitsscheu und Alkoholiker. Was er meiner Mutter alles angetan hat. Und uns.“ Eindrücklich erzählte sie weiter. „Meine Mama verdiente das Geld. Er versoff und verhurte es.
Irgendwann fuhr er mit mir nach Marl in unsere alte Wohnanlage. Er ging zu Bekannten und ich sollte zu Freunden gehen. Ich war gerade mal sechs Jahre alt. In der Straße, in der wir gewohnt haben, lief immer ein alter Zigeuner rum vor dem wir Kinder Angst hatten. Fragen sie mich nicht warum. Wir waren klein und er wirkte auf uns gefährlich. Aber ich schweife ab.“ Silke überlegte kurz und fuhr dann fort. „Also dieser Mann kam auf mich zu und ich hatte höllische Angst. Ich lief zurück, klingelte bei diesen Bekannten meines Erzeugers. Nichts, ich wurde nicht hereingelassen. Ich verkroch mich dann in die hinterste Ecke, bis wir nach Hause fuhren.“ Sie machte eine kurze Pause. „Im Gepäck hatte mein Erzeuger Ulla, die ab da unser Kindermädchen sein sollte. Und natürlich sein Betthäschen.“ Silke schluckte. Frank drückte kurz ihren Arm. Sie lächelte ihn an.
„Lange Zeit duldete meine Mutter das. Sie zog aus dem gemeinsamen Schlafzimmer aus und schlief auf der Couch im Wohnzimmer. Aber als er verlangte das sie zurück in sein Bett kommen sollte, um eine Ehe zu dritt zu führen, reichte es ihr. Sie warf beide raus. Es gab einen handfesten Streit aber am Ende gewann meine Mutter. Was folgte war Telefonterror...“
Zehn Minuten später endete sie mit den Worten: „Sie können auch seine Lebensgefährtin Ulla fragen, bei ihr war er genauso.“ Silke hielt inne.

Steffen Klauster sah sie an. „Sie scheinen es nicht zu bedauern, dass er getötet wurde. Und es scheint Sie auch nicht zu interessieren wie.“
„Haben Sie mir zugehört was für ein Mensch er war? Ich …“ Frank unterbrach sie. Nahm ihre Hand.
„Nicht Silke, darüber sprichst du erst im Beisein von deinem Anwalt.“ Sie nickte.
Bänder sah ihn genervt an. „Herr Hirsen, ich finde es bemerkenswert, wie Sie sich einbringen. Liegt es daran, dass Sie an die Schuld von Frau Rügen glauben? Oder wie sollen wir das verstehen?“
Frank sah ihn belustigt an. „Ist das jetzt Ihr Ernst? Ich liebe diese Frau und weiß das sie zu einem und in diesem Fall sogar zu fünf Morden nicht in der Lage ist.“
Ernst fuhr er fort. „Davon geht im Übrigen auch Silkes Ex-Mann aus, wie Sie ja wissen.“
Klauster brummte etwas nicht Verständliches. Sah sie an. „Okay dann weiter. Erzählen Sie von Lars Piwoll. Woher kennen Sie ihn.?“
Silke sah den Polizisten an. Wäre es möglich eine Pause zu machen? Das Ganze strengt mich schon sehr an. Es fällt mir nicht so leicht über diese Menschen und somit meiner Vergangenheit zu reden.“ Ihr Blick wirkte gequält.
Die beiden Polizisten sahen sich an. Bänder nickte. „Ok, Sie haben eine halbe Stunde. Gehen Sie am besten etwas spazieren, um frische Luft zu tanken.“ Silke nickte. Frank ergriff die Hand der erschöpften Frau. Sie verließen das Gebäude. Schweigend liefen sie den Westerholter Weg entlang. Langsam entspannte Silke sich. Sie blieb stehen und sah den Mann an ihrer Seite an. „Ich bin so froh, dass du bei mir bist, obwohl ich dich so scheisse behandelt habe.“

„Denk nicht darüber nach. Du hattest einfach Angst das verstehe ich jetzt. Und ich werde immer an deiner Seite sein, egal wie sich das hier und das zwischen uns entwickelt. Selbst wenn ich mal nicht bei dir sein kann, bin ich doch immer da“ Er nahm sie in seinen Arm und drückte sie leicht. Silke fühlte sich geborgen und spürte, wie ihr Vertrauen in diesen Mann wuchs. Leise räusperte sich Frank. „Wir müssen leider zurück Silke. Komm.“ Kurze Zeit später betraten sie erneut das Polizeipräsidium.

Drei weitere Stunden erzählte sie über die Opfer, ihren Charakter. Beantwortete alle Fragen, außer die, bei denen Frank einschritt. Erschöpft verließen sie gegen 18.50 das Polizeigebäude.

19 Uhr Polizei

Steffen Klauster und Udo Bänder sahen die spärlichen Informationen durch, die sie hatten. Ihr Bild von den Opfern war extrem negativ, aber das rechtfertigte keinen Mord. Selbstjustiz zog nur immer neues Leid mit sich. Da waren sie sich einig.
Das Verhältnis zwischen den Ermordeten und Silke Rügen, war alles andere als positiv.
„Der Täter ist im unmittelbaren Umfeld von Frau Rügen zu suchen, da bin ich fest von überzeugt." Bänder sah seinen Kollegen an. „Wenn sie es nicht selbst war." Klauster nickte. Sah sich die Bilder der Opfer an. Grübelte. „Die Frage ist, ob sie zu solchen Folter-Methoden fähig ist?" Udo Bänder zuckte mit den Schultern. „Du weißt doch, jeder ist zu allem fähig. Wenn die richtige Motivation dabei ist."
„Ja da hast du auch wieder recht. In jedem von uns schlummert etwas Böses. Und bei diesen Menschen, gibt es genug Angriffsflächen und mögliche Täter."

19.20 Stadt

Marion öffnete die Tür, ehe Silke den Schlüssel ins Schloss stecken konnte. „Ich habe schon gedacht, die hätten dich verhaftet," sagte sie besorgt. Ihre Freundin lächelte müde. Frank nahm ihre Hand, gemeinsam liefen sie langsam ins Wohnzimmer. Dort saßen ihre Töchter und Leon, sie schauten gespannt zur Tür. Mara und Natascha sprangen auf, nahmen Silke in den Arm. „Wie geht es dir Mutti?" Die Jüngere sah sie ernst an. „Marion hat uns erzählt, was hier in der Zwischenzeit los war." Dankbar blickte sie zu der Frau, die in den letzten acht Jahren zu einem der wichtigsten Menschen in ihrem Leben geworden war. Diese erwiderte das leichte Lächeln von Silke.
Sie setzten sich „Ich bin ziemlich erschöpft. Das war heute ein anstrengender Tag. Ich denke die Polizisten glauben das ich das war." Leicht schüttelte sie sich. „Aber ehrlich, ich empfinde keine Trauer. Nein, vielmehr bin ich der Person dankbar, die sich um diese mir verhassten Menschen gekümmert hat." Ein Augenblick hielt sie inne. „Nur das mit Thomas, das nimmt mich mit."

„Ich verstehe dich zu gut Mutti. Aber Paps geht es ja gut." Mara sah Leon an. Dieser nickte.
„Wir möchten euch auch etwas erzählen. Vielleicht passt es jetzt gerade nicht, aber wir haben uns gestern nach dem Konzert verlobt. Natürlich in Nataschas Beisein." Stolz zeigte die junge Frau ihren Ring. Silke, Frank und Marion gratulierten dem Paar, freuten sich mit ihnen.

Weitere drei Stunden saßen sie zusammen, redeten über alles, was zurzeit wichtig war. Zwischendurch rief Klaus an, der versprach auf Frank zu warten.

Gegen 23.40 Uhr verließen Marion und die beiden Männer die Wohnung. Leon brachte die Freundin nach Hause. Frank fuhr nach Suderwich um mit Klaus zu sprechen, der noch bei Jan war..

23 Uhr

Wohnung X

Die Folie wurde wieder entfernt und entsorgt. Ebenso die verschiedenen Werkzeuge.

Alle anderen Sachen wurden eilig in Kisten verpackt.

Die Kisten sowie die Liege wurden in den Hänger gepackt. Diese war heute kurzfristig verkauft worden und würde am nächsten Tag ausgeliefert werden.
Morgen war einiges geplant. Niemand konnte dann diese Wohnung mit den Morden in Verbindung bringen.
Die Person sah sich um, ob sie irgendetwas übersehen hatte. Es war nichts zu erkennen. Alles war in Ordnung.
Sich umschauend stieg sie in ihr Auto und fuhr los.

Tag 22

Montag

9.30 Uhr

Stadt / bei Silke zu Hause

Silke saß bei ihrer ersten Tasse Kaffee. Erstaunlicherweise hatte sie die Nacht wunderbar geschlafen. Im Grunde war sie ein sehr empathischer Mensch, aber sie empfand kein Mitleid mit den Opfern. Leicht regte sich ihr schlechtes Gewissen. Sie schüttelte dieses wieder ab. Diese Personen waren in ihrer Art böse, eiskalt und egoistisch gewesen. Das war nicht zu leugnen und hatte sie in ihr Verderben geschickt. Das war wohl die Realität.

Ihr Handy klingelte. Sie zuckte zusammen, wurde aus ihren Gedanken gerissen. „Hallo Frank." Sie lächelte in sich hinein, dachte an seine blauen Augen, sein schelmisches Lächeln. „Wie geht es dir Silke? Konntest du schlafen?" Sie hörte die Anspannung in ihm.

„Ganz ehrlich Frank, ich habe sehr gut geschlafen. Wie ein Baby. Und bevor du fragst, ja ich fühle mich wohl.
Ich weiß das ist nicht passend im Angesicht der fünf Opfer. Aber es ist so." Sie schwieg kurz. „Das Einzige, das mir Sorgen bereitet, ist das die Polizei mich verdächtigt."

„Auch deshalb mein Anruf Silke. Ich hole dich in einer Stunde ab. Dann besprechen wir alles mit Rechtsanwalt. Erzähl ihm ruhig deine Gefühle und Gedanken. Umso besser wird er dich kennenlernen."

Sie sprachen kurz weiter, dann legten sie auf. Sie zog sich an und wartete auf den Mann, den sie trotz starker innerer Kämpfe, wieder in ihr Herz gelassen hatte.

11.30

Marl Mitte / Silke, Frank & Rechtsanwalt

Nervös saß Silke zusammen mit Frank, dem Strafverteidiger gegenüber. Dieser ließ sich von ihr haarklein ihre Beziehungen zu den Opfern erklären. Sie sprach von Lars, der sie als junges Mädchen ausgenutzt und dann fallen gelassen hatte, was auch heute noch seine Art gewesen war. Sie erzählte von dem Abend in der Cubar. Berichtete von Sonja, ihrer ehemals besten Freundin. Von Horst, und Martin. Nicht zuletzt von Thomas, der ebenfalls ins Fadenkreuz des Mörders geraten war. Der Anwalt hörte zu, stellte vereinzelt Fragen.

Dann sprach Silke von ihren Gefühlen nach dem Tod dieser Personen. Ihren Gedanken und dem Bedürfnis, sich bei dem Täter zu bedanken.

„Warum möchten Sie das?“ fragte der Anwalt interessiert.

Sie schaute ihm an. „Ich habe das Gefühl, endlich frei zu sein. Ich weiß, das hört sich kalt an, aber es ist einfach so.“

Frank nahm ihre Hand, streichelte sie. Der Rechtsanwalt nickte verständnisvoll. Er räusperte sich. „Eine Frage muss ich Ihnen noch stellen. Auch wenn ich mir sicher bin, die Antwort bereits zu kennen. Und bitte seien Sie ehrlich. Haben Sie etwas mit den Morden an diesen fünf Menschen zu tun?“

„Nein, aber ich habe vollstes Verständnis dafür.“

Der Anwalt nickte, sah von Silke zu Frank. „Wir werden dafür sorgen, dass die Polizei Ihnen auch glaubt. Wann sollen Sie wieder kommen?“
„Morgen gegen 13 Uhr.“ Frank sah den Mann an. „Haben Sie da Zeit?“ Dieser schaute in seinen Kalender und nickte. „Ich würde sagen wir treffen uns eine viertel Stunde vor der Zeit am Präsidium in Recklinghausen.“ Sie verabschiedeten sich voneinander.

Frank und Silke verließen die Kanzlei, das Gebäude und betraten den Marler Stern. „Steht dein Wagen nicht in der Tiefgarage?“ Sie sah ihn verwundert an. Er lächelte sie an und nahm ihre Hand. „Ich dachte wir gehen noch etwas trinken, ehe ich dich nach Hause bringe.“ Sie nickte, genoss seine Berührung.

13.50

Herten / Person X

Der schwarze Wagen bog in die Gartenstraße ein. Hielt an einem Haus an, vor dem zwei Männer warteten. Diese hoben die Massageliege aus dem offenen Hänger, gaben der Person Geld. Diese verschloss den Anhänger, setzte sich zufrieden ins Auto und fuhr los.

14 Uhr

Noah`s & Zoe`s Marl / Silke & Frank

Frank saß zusammen mit seiner Traumfrau bei Noah`s. Endlich. Nicht nur von ihr zu träumen, machte ihn verdammt glücklich. Wenn die Umstände auch ernst waren.
Silke trank einen alkoholfreien Cocktail. Der Mann hatte einen Kaffee vor sich stehen. Sie sprachen von dem vergangenen Besuch in der Anwaltskanzlei.
„Danke Frank, dass du mir diesen schnellen Termin besorgt hast. Ich habe mich direkt gut aufgehoben und verstanden gefühlt."
Er lächelte. „Das hatte ich gehofft. Sie sind die Besten auf ihrem Gebiet." Liebevoll sah er sie an und sie versank wie so oft in diesem leuchtenden Blau. Atemlos und verwirrt sprach sie: „Ob für mich, oder jemand anderen aus meinem Umfeld, werden wir ihre Hilfe brauchen. So wie ich die Polizisten verstanden habe, suchen sie nur in diese Richtung."
„Ja das ist wahr. Möchtest du noch etwas trinken?" Silke nickte, schaute in die Karte und entschied sich für einen Kaffee. Sie sah sich um. „Ich kann verstehen, dass es dich regelmäßig hier hinzieht. Es gefällt mir unheimlich gut. Schon bei meinem ersten Besuch war ich begeistert."

„Ja hier schalte ich immer wieder ab, oder beobachte andere Menschen. Aber du ahnst nicht, wie oft du in meinen Gedanken mit mir hier warst." Silke wurde rot.

Frank lächelte sie an und griff nach ihrer Hand. „Ich bin wirklich froh, dass du dich letztendlich doch getraut hast, mich wieder in dein Leben aufzunehmen.“ Verwirrt blickte sie den Mann an. Ja er war schon ein Traum. „Ich bin auch sehr glücklich darüber. Nur kann ich dir im Moment nichts versprechen. Ich weiß nicht, was daraus wird.“ Sie schluckte. „Jetzt ist erstmal wichtig, dass diese Angelegenheit geklärt wird. Aber ich bin unendlich froh, dich an meiner Seite zu haben.“

„Und das werde ich stets bleiben. Egal wie du dich entscheiden wirst. Und wie ich dir schon einmal sagte, selbst wenn ich vielleicht nicht immer in deiner Nähe bin, so bin ich trotzdem für dich da. Vergiss das bitte nie.“

Fortsetzung folgt ...

Der Kartenmörder

Wie wird es mit Silke und Frank weitergehen?

Wer ist der Mörder?

Finden Steffen Klauster und Udo Bänder den Täter?

Das und noch mehr in der Fortsetzung.

Über die Autorin:

Am 16. September 1968 erblickte ich das Licht der Welt.
Bereits in frühen Jahren faszinierten mich Geschichten und Lieder.
Bei Musik achtete ich vor allem auf den Text.
Mit fünfzehn Jahren folgten erste Schreibversuche.
Kleine Erzählungen, Gedichte und Kurzgeschichten.
Diese durften nur meine engsten Familienmitglieder lesen.
Aufgrund einer anerkannten Legasthenie traute ich mich nicht, diese Geschichten zu zeigen.

1988 heiratete ich.
Mein Mann war Hobbymusiker.
Ich schrieb Texte für seine Lieder.
Im Laufe von acht Jahren bekam ich meine vier Kinder.
Das Schreiben wurde zur Nebensache.

Aufgrund einer langen Trennungsphase,
dem frühen Tod meines Bruders
und einer schweren depressiven Episode
besuche ich eine Tagesstätte für psychisch erkrankte Menschen in Recklinghausen.
Hier begann ich langsam wieder zu schreiben.

Ich möchte mich bei Allen bedanken,
die mich zu jeder Zeit unterstützen
und fest an mich glauben.

Anna Friebe

Zum Abschluss

noch ein ganz besonderer Dank an

Jaqueline Reczio

Für ihren Einsatz bezüglich des Buches

- Lektorat –
- Cover-Vorgestaltung –
- Fotos -

Ohne sie wäre ich wohl nie fertig geworden.

Danke an:

Moa Graven

- Krimiautorin –

Für die Unterstützung in allen Richtungen.

Suzie Candell

- Countrysängerin –

Für die Erlaubnis dich namentlich nennen zu dürfen.

Danke an

die

Cubar Recklinghausen

& Kellner Chris

die

Eisdiele Calabrese

und

Noah`s & Zoe`s

Marl & Recklinghausen

...

Autorin
Anna Friebe
Postfach 100505
45657 Recklinghausen
Handy: 01789-112310
info@annafriebe.de
www.annafriebe.de